Avaliação do texto escolar
Professor-leitor/Aluno-autor

Coleção Alfabetização e Letramento na Sala de Aula

Maria da Graça Costa Val
Marildes Marinho
Gilcinei Teodoro Carvalho
Aracy Alves Martins
Maria Helena Almeida Ribeiro Starling
Leiva de Figueiredo Viana Leal

Avaliação do texto escolar
Professor-leitor/Aluno-autor

Ceale* Centro de alfabetização, leitura e escrita
FaE / UFMG

autêntica

Copyright © 2009 Centro de Alfabetização,
Leitura e Escrita (Ceale/FaE/UFMG)

COORDENADORA DA COLEÇÃO ALFABETIZAÇÃO E LETRAMENTO NA SALA DE AULA
Maria Lúcia Castanheira (FaE/UFMG)

CONSELHO EDITORIAL
Anne-Marie Chartier (INRP - Lyon), Cecília Maria Aldigueri Goulart (UFF - Niterói), Elsie Rockwell (CINVESTAV - México), Francisca Izabel Pereira Maciel (FaE-UFMG), Judith Green (University of California - Santa Barbara), Magda Becker Soares (FaE-UFMG), Maria de Fátima Cardoso Gomes (FaE-UFMG), Maria de Lourdes Dionísio (UMINHO - Braga)

PROJETO GRÁFICO DE CAPA
Alberto Bittencourt

EDITORAÇÃO ELETRÔNICA
Luiz Flávio Pedrosa

REVISÃO
Ana Carolina Lins Brandão

Revisado conforme o Novo Acordo Ortográfico.

Todos os direitos reservados pela Autêntica Editora. Nenhuma parte desta publicação poderá ser reproduzida, seja por meios mecânicos, eletrônicos, seja via cópia xerográfica, sem a autorização prévia da Editora.

AUTÊNTICA EDITORA LTDA.
Rua Aimorés, 981, 8º andar . Funcionários
30140-071 . Belo Horizonte . MG
Tel: (55 31) 3222 68 19
Televendas: 0800 283 13 22
www.autenticaeditora.com.br

CEALE • Centro de Alfabetização, Leitura e Escrita da Faculdade de Educação – UFMG
Av. Antônio Carlos, 6627
31270-901 Belo Horizonte – MG
Tel: (0xx31) 3409 5333
Fax: (0xx31) 3409 5335
e-mail: ceale@fae.ufmg.br

COMISSÃO DE PUBLICAÇÃO DO CEALE:
Aracy Alves Martins, Francisca Izabel Pereira Maciel, Maria de Fátima Cardoso Gomes, Maria Lúcia Castanheira

Dados Internacionais de Catalogação na Publicação (CIP)

Avaliação do texto escolar : Professor-leitor/Aluno-autor / Maria da Graça Costa Val [et. al], – Ed. rev. e ampl. – Belo Horizonte : Autêntica Editora / Ceale, 2009. – (Coleção Alfabetização e Letramento na Sala de Aula)

Outros autores: Marildes Marinho, Gilcinei Teodoro Carvalho, Aracy Alves Martins, Leiva de Figueiredo Viana Leal, Maria Helena Almeida Ribeiro Starling
Bibliografia.
ISBN 978-85-7526-411-9

1. Avaliação educacional 2. Português – Redação 3. Textos I. Costa Val, Maria da Graça. II. Marinho, Marildes. III. Carvalho, Gilcinei Teodoro. IV. Martins, Aracy Alves. V. Leal, Leiva de Figueiredo Viana. VI. Starling, Maria Helena Almeida Ribeiro. VII. Série.

09-05914   CDD-371.30281

Índices para catálogo sistemático:
1. Avaliação : Textos escolares : Educação 371.30281
2. Textos escolares : Avaliação : Educação 371.30281

Agradecimentos

Para chegar a esta publicação, muita gente partilhou do percurso e dos percalços vários:
- Os professores que participaram do trabalho aceitando ler e corrigir 95 mil redações e que nos forneceram contribuições valiosas para nossa análise:

Adriana Gouvêa Dutra Teixeira, Lourdes Teixeira Moura, Alcione da Assunção Perpétuo, Lúcia Helena J. Maciel Bizotto, Ana Lúcia Pontes Brant, Lucymara Oliveira Amaral, Ana Maria Roriz, Luiza de Lana Sette Lopes, Arlete do Carmo Amabile, Luiz Antônio dos Prazeres, Aronita Alves Martins da Silva, Márcia Adriana Fernandes, Carla Viana Coscarelli, Márcia Míriam S. Leal, Carolina do Socorro Antunes Santos, Márcia Nunes dos Santos, Célia Abicalil Belmiro, Margarida de Moura Siqueira, Clélia de Carvalho Bicalho, Maria Amélia Palumbo Nascimento, Consuelo Salomé, Maria Antonieta Pereira, Deisa C. Chaves, Maria da Consolação, Delaine Cafiero, Maria da Consolação Andrade, Denise A. Velloso, Maria da Graça Rios, Dulce M. A. Souza, Maria do Carmo Aparecida Roriz, Eliane Mourão, Maria Helena Braga Mendes, Eunyce Maria dos Santos Silva, Maria Lúcia Figueiredo Montandon, Grace Roxane S. Medeiros, Maria Tereza M. Duque, Heliana Maria

Brina Brandão, Mariângela de Andrade Paraíso, Heloísa Rocha de Alkimim, Myrthes de Brito Brandão, Isis da Silva Oliveira, Regina Célia Silva, Jeanette M. G. L. Silva, Rina Bogliolo Sirihal, José Benedito Donadon Leal, Rosa Maria Drumond Costa Adão, Josefina Gavião Rodrigues, Samuel Moreira da Silva, José Luiz Vila Real Gonçalves, Scheila Jorge Mitre Paio, José Nogueira Starling, Sidneia Fátima de Jesus, Josina de Souza Brandão, Vanir Consuelo Guimarães Scalioni, Léa Dutra Costa Lima Viana, Ydernéa M. S. Birchal, Leda Maria de Castro Almeida, Yedda C. M. Pieruccetti.

- Aqueles que realizaram todo o trabalho técnico de informática, digitação e secretaria do Projeto de Avaliação:

  Ademar de Oliveira Lima, Adonira Coutinho de Andrade Oliveira, Alessandra Pereira Rosenburg, Antônio Marcos Bandeira Silva, Carla Marinho de Almeida Passos, Emílio Ferreira Bessa, Josina de Souza Brandão, Sirlene Conceição de Almeida Santos, Wander Rosa Roberto, Sérgio Augusto Pereira Gomes, Daniel Augusto Fernandes, Vívien Gonzaga, Sheila Maciel da Silva, Agda Lis Alves Martins, Roberlane Afonso de Godoi, Rosane Alves Martins de Oliveira, Telma Borges da Silva.

- Antônio Augusto Gomes Batista, diretor do Ceale na época, que persistiu na continuidade do projeto até o final.

- Aqueles que realizaram o trabalho de digitação da reedição revisada e ampliada:

  Miriam Maria Roberto Marmol, Ruan Olivério Pereira.

Sumário

Prefácio..11

Apresentação..17

Para começar a conversa......................................17

Concepção de língua e de aula de Português:
para além das palavras de ordem........................21

Capítulo 1
O texto escrito na escola: avaliação...................27

Definindo as perguntas..28

Por que avaliar?..30

Para que avaliar? A utilidade da avaliação para
o aluno e para o professor...................................32

Capítulo 2
Avaliar o quê? E como?.......................................39

A linguagem como interlocução..........................39

A interação linguística cotidiana.........................42

A relação entre forma e conteúdo.......................46

A relação entre oralidade e escrita......................55

Capítulo 3
A subjetividade na interação autor/texto/leitor 67

O que é subjetividade? 67

Subjetividade e escrita na escola 68

Quem escreve, escreve para algum leitor:
a intersubjetividade na escrita 70

Proposta de redação:
orientação ou camisa de força? O texto como
resultado das imagens produzidas pelo autor 71

Alunos-autores da 5ª série do Ensino Fundamental 72

Particularidades dos textos de
alunos do Ensino Médio 80

Condições escolares da escrita: círculos e papéis 85

A subjetividade do leitor-avaliador 86

Capítulo 4
O projeto de avaliação de textos escolares da rede pública estadual de Minas Gerais em 1993: breve relato 91

Apresentação 91

Estabelecer critérios é definir um ponto de vista 93

A nota não é mera questão matemática 95

O que avaliar? Três dimensões consideradas
no quadro de critérios: a discursiva, a
semântica e a gramatical 97

O texto convenceu?
A dimensão discursiva 98

O texto foi compreendido?
A avaliação da dimensão semântica 102

O texto apresenta uma "gramática" adequada?...............107

O quadro de critérios..113

Exemplificando: uma redação avaliada
conforme o quadro de critérios...114

Os resultados da avaliação...117

Alguns dados (talvez?) ainda
pertinentes...118

Algumas conclusões..129

Capítulo 5
**Algumas indicações para o trabalho com
a escrita em sala de aula**....................................131

Para ensinar: compreender e planejar...............................131

Falar e escrever na diversidade de situações sociais..........133

Multiplicidade de gêneros na aula de
Português: por quê? para quê?...135

Quando se ensina a escrita,
o que se ensina e como se aprende...................................138

Referências..147

Anexos..153

Anexo 1..155

Anexo 2..156

Anexo 3..157

Anexo 4..158

Prefácio

A primeira edição deste livro é de 1998, com o título *Professor-leitor, aluno-autor: reflexões sobre avaliação do texto escolar*. Apresenta-se, agora, uma reedição revisada e ampliada que responde, por um lado, a uma demanda pela nova circulação de uma obra de publicação esgotada e, por outro lado, a uma atualidade do tema e das discussões sobre o processo de avaliação e correção de textos escritos.

Para expressar o dinamismo dos acontecimentos, é comum apelar-se à analogia com um rio, com a indicação da renovação constante de seu fluxo como fator que faz com que "muita água role por debaixo de uma ponte" e defina, portanto, um "estado de movimento contínuo". O que se pode dizer, então, de uma produção que completa uma década e que, como águas passadas, ainda pretenda mover moinhos? Seguramente, a dinâmica de uma reedição envolve uma atitude de avaliar o que se passou sob essa ponte e, no fluxo dessa avaliação, rever uma trajetória e redefinir algumas margens. Dessa atitude avaliativa, duas razões já nos colocam, de novo, em uma correnteza que promove movimentos. A primeira delas é a de que uma releitura permite situar alguns condicionantes históricos e, com isso, gera uma revisitação às águas que nos serviram de inspiração. A segunda razão, decorrência direta da primeira, é a de que essa releitura induz a uma comparação inevitável com uma atualidade que renova as águas e induz a uma inserção temporal que questiona quais são os possíveis novos horizontes trazidos por uma trajetória já conhecida, já apresentada. Em outras palavras, reeditar é uma ação que nos lança no passado, com o julgamento histórico sobre o que foi produzido e, também, fazendo-se presente, nos lança ao futuro, com a expectativa de novas leituras (e novos leitores) que dinamizem o fluxo das ideias. Aliás, é essa nova oportunidade para o fluxo das ideias que justifica a circulação de uma obra cuja edição estava esgotada e, por isso, reinstala o "estado de movimento".

A nova oportunidade de circulação incita, necessariamente, um procedimento de atualização, em especial porque os autores também fizeram mover outros percursos: sedimentaram ou relativizaram muitas das crenças defendidas. O primeiro fato a destacar, no entanto, é que essa reedição mantém o texto original, com alguns pequenos ajustes. Destaca-se, com essa manutenção, não a atitude inflexível de querer manter as ideias acomodadas num remanso, mas o caráter ainda atual da discussão sobre a avaliação do texto escolar, um tema para muitas águas e muitos movimentos.

Em um momento em que se identifica uma ênfase em processos avaliativos mais sistêmicos, com a divulgação de resultados que muitas vezes são interpretados pelos professores com um grau de distanciamento muito alto, já que produzem índices muito abstratos para o trabalho cotidiano em sala de aula, o estudo sobre a correção e a avaliação do texto escrito produzido em situações escolares precisa ser focado com um detalhamento mais consistente. São sempre pertinentes as questões que indagam sobre os critérios de correção de um produto escrito, assim como são sempre necessárias as reflexões sobre os processos de ensino da língua escrita. Para essa nova circulação, alteramos estrategicamente a ordenação do título original, destacando o processo avaliativo como trabalho contínuo que transcende uma exigência simples de definir aprovação e reprovação e passa, portanto, a ser constitutivo de qualquer processo educativo. Na verdade, permanece a defesa intransigente de que o "olhar avaliativo" ou a "atitude avaliativa" é inerente às atividades humanas. No plano da linguagem escrita, esse procedimento avaliativo já se inicia com o próprio processo de leitura, já que ler é atribuir sentido e, se é atribuição de sentido, depende da construção de critérios avaliativos que julguem a pertinência das hipóteses interpretativas. Permanece, também, como pista mantida no título deste trabalho, a defesa de que quanto mais o professor constrói um olhar avaliativo baseado na sua condição de leitor, maiores as chances de os alunos efetivarem o papel de autores, porque irão perceber o jogo interpretativo que promove as diferentes possibilidades de significação em função dos critérios que podem definir a aprovação ou a reprovação de um texto em diferentes situações. Nesse processo de leitura dos textos dos alunos e, consequentemente, nesse processo de produção de sentido, vários são os fatores que concorrem para favorecer a construção de determinados olhares avaliativos, exatamente porque os critérios de avaliação, assim como os próprios textos, são sócio-historicamente condicionados. São esses condicionantes que irão inibir o gesto de querer generalizar procedimentos de correção e avaliação que tenham um caráter universal e mecânico. No entanto, a relatividade dos procedimentos avaliativos não pode ser traduzida, por exemplo, em uma ausência de critérios de correção. Para o processo de correção de um texto escrito, permanece destacado nesta reedição o movimento de defesa da instauração de critérios que busquem uma articulação entre aspectos que envolvem o conteúdo e aspectos que envolvem a estrutura, referendando a premissa de que conteúdo é forma e vice-versa. Evidentemente a relação entre esses dois aspectos está subordinada a uma dimensão de uso social que define, nas diferentes situações comunicativas, quais são as possibilidades e as restrições funcionais e estruturais.

Nessa tentativa de mover novos moinhos, algumas alterações foram necessárias para dinamizar e atualizar o texto. Como exclusão, destaca-se a retirada dos quadros de resultados que particularizavam uma situação de avaliação de um projeto específico. Para além dos números que retratavam o desempenho verificado na correção das redações daquele projeto, interessa-nos, hoje, manter a reflexão sobre o processo de avaliação dos textos escritos e, em particular, sobre o funcionamento dos textos escritos em situações escolares. Como inclusão, destaca-se a explicitação do conceito de "gênero textual", que, embora tenha dimensionado fortemente nossa análise naquele momento, não estava adequadamente sinalizado com a terminologia que hoje se tornou bastante difundida. Essa maior explicitação de um conceito evidentemente é o resultado de um fluxo mais contemporâneo que acrescenta novas perspectivas de análise. Com essa inclusão estamos buscando uma atualização do texto, mas também estamos salientando que um maior consenso sobre as categorias *tipo* e *gênero* textuais não autoriza uma exclusão de outros critérios/categorias de avaliação. Ao contrário, a releitura e a reedição de nossa análise reforçam um movimento de integrar categorias que vão se tornando mais operacionais na medida em que se somam a outros elementos igualmente importantes. Ou seja, incluir um item que explicite a adequação do texto ao gênero é uma atitude saudável desde que essa inclusão não tome essa categoria como descolada de outras manifestações linguísticas e de outros condicionantes discursivos, principalmente o sócio-histórico, que dá dinamismo ao conceito.

Ao reeditar nossa análise em uma Coleção que destaca o trabalho com a língua escrita na sala de aula, esperamos renovar um fluxo de discussão sobre o papel do professor na construção do processo avaliativo. Assumimos, portanto, a tese de que, se devidamente "canalizadas", águas passadas também podem mover moinhos.

Os autores

Apresentação

Para começar a conversa

Nossa conversa aqui vai girar em torno de questões que têm preocupado todos nós que trabalhamos com o ensino e a aprendizagem da escrita. Não são fenômenos simples e isolados, cuja modificação dependa de um único fator. Pelo contrário, essas questões estão ligadas a fatores históricos, socioeconômicos e culturais que atravessam os muros da escola e marcam presença na sala de aula: as variedades linguísticas dos alunos oriundos de classes sociais e regiões diversas; a diversidade cultural e as diferentes possibilidades de acesso aos bens culturais considerados "legítimos" oferecidas a alunos provenientes de diferentes setores da sociedade; a concepção de língua escrita, o valor a ela atribuído, a compreensão de suas funções sociais e a própria disposição para investir no domínio dessa modalidade linguística, que varia conforme a posição social e a história pessoal dos estudantes. A tudo isso se somam também as condições socioculturais do professor que são marcadas pela sua história pessoal, por políticas governamentais em relação à educação e pelas práticas sociais específicas de relação com o universo da escrita.

Não é possível, neste pequeno espaço de apresentação do nosso trabalho, descrever essas condições nem mesmo enumerar as dificuldades que envolvem a prática profissional docente, pois correríamos o risco de simplificar algo tão complexo e bem conhecido. Além disso, esse não é o tema central de nossa discussão.

Nossa contribuição aqui aponta para um espaço aparentemente pequeno: o cotidiano da sala de aula. No entanto, o cotidiano é um espaço político de fundamental importância, pois é nele que se manifestam, conscientemente ou não, nossas concepções sobre relações sociais, educação, ensino, língua, escrita, avaliação, etc.

Quaisquer definições e atitudes no campo do ensino-aprendizagem são eminentemente políticas porque estão relacionadas aos interesses dos sujeitos dessa prática, nesse caso, professor e aluno.

Este estudo quer discutir problemas relacionados ao ensino de língua materna, sem perder de vista sua inter-relação com o horizonte sócio-histórico em que se situam. Vamos expor nossa compreensão de conceitos básicos como língua, texto e escrita, pensando-os em função daquilo que acreditamos que devam ser a educação, a aprendizagem e o ensino, o que, inevitavelmente, será orientado por nossas convicções políticas, nosso estar no mundo. Nesse quadro, vamos aprofundar a discussão de um processo particularmente tenso para o professor de Português: a avaliação do texto escrito.

O que temos a dizer é resultado de um trabalho cujo ponto de partida foi uma demanda da Secretaria de Estado de Educação de Minas Gerais (SEE-MG), relacionada ao Programa de Avaliação da Escola Pública Estadual. Esse programa concebido e executado pela SEE-MG avalia os alunos da rede estadual através de provas de múltipla escolha em cada uma das disciplinas escolares, aplicadas em diferentes séries e em diferentes momentos. A disciplina de Língua Portuguesa inclui também uma avaliação em redação, cuja proposta de atividade de escrita é concebida por técnicos dessa mesma Secretaria. Ao Centro de Alfabetização, Leitura e Escrita (Ceale), da Faculdade de Educação/UFMG, coube o trabalho de avaliar cerca de 95 mil redações, produzidas por alunos da 5ª série do Ensino Fundamental e da 2ª série do Ensino Médio da rede escolar estadual. Desse universo de textos, foi selecionada uma amostra para uma análise qualitativa realizada por seis pesquisadores do Ceale, que são os autores deste trabalho. As propostas de redação (ver Anexos 1 a 4) fizeram parte das provas elaboradas e aplicadas pela SEE-MG em 1993, e os textos produzidos foram avaliados e analisados durante o ano de 1994 e parte de 1995. Foram 84.296 redações da 5ª série do Ensino Fundamental e 10.718 da 2ª série do Ensino Médio, de escolas urbanas e rurais de todas as regiões do estado.

Como pesquisadores de um centro de pesquisa em educação, entendemos que nossa tarefa deveria ultrapassar as fronteiras de um diagnóstico sobre a competência textual do aluno da escola pública mineira. Propusemo-nos, pois, a ampliar nossas discussões para as condições de ensino-aprendizagem da escrita na escola. Entre os vários motivos que nos levaram a essa decisão, dois nos parecem mais fortes. Primeiro, a consciência do limite de uma única situação de escrita para se fazer um diagnóstico da competência textual do aluno. Segundo, o quadro político e teórico-metodológico da disciplina de Língua Portuguesa, que vem sinalizando mudanças ainda não consolidadas no cotidiano escolar. Isso quer dizer que, para avaliar o aluno, é necessário constituir novos parâmetros de avaliação que reflitam o movimento de mudança sobre as concepções de linguagem e de ensino-aprendizagem desse momento histórico. Por isso, mais do que um perfil da escrita do aluno, nosso trabalho propõe um conjunto de diretrizes teórico-metodológicas sobre o ensino da escrita, que só passarão a constituir-se como parâmetros avaliativos se estiverem, de fato, servindo de referência para a prática pedagógica.

Além de fornecer à SEE-MG as notas das redações, o Ceale buscou, na realização desse projeto, metas associadas ao desenvolvimento do trabalho que lhe parecem investimentos produtivos na área educacional, como a formação de grupos de pesquisa, a organização de cursos contínuos de capacitação, a participação em seminários e a divulgação dos resultados da pesquisa. Esta publicação é, portanto, a realização de uma das etapas previstas no projeto.

A quantidade e a diversidade do material nos exigiram reflexão e cautela na condução do trabalho e nos propiciaram estudos e discussões enriquecedores, que agora desejamos partilhar com os colegas que, na sala de aula, provavelmente se defrontam com problemas similares aos que enfrentamos nesta pesquisa.

Nosso trabalho se organiza em cinco capítulos. No primeiro, recortamos as questões básicas que orientaram nossas reflexões sobre a produção e a avaliação do texto escrito na escola, buscando responder com maior ênfase à questão: *Por que e para que avaliar?* O ponto de vista de nossa reflexão é uma tentativa de entendimento do lugar do professor e do aluno, atores principais do espaço escolar. Reservamos ao segundo capítulo o tratamento de outras questões pertinentes ao processo escolar de avaliação de textos escritos: *O que e como avaliar?* Por trás dessa pergunta, tecemos a *concepção de linguagem* que nos orientou, assim como analisamos a relação entre *oralidade e escrita* e supostas fronteiras entre *forma e conteúdo*. No terceiro, abordamos um componente, em última análise, definidor do processo de avaliação, cujo dimensionamento tem sido muito difícil: *a subjetividade do aluno-autor e do professor-leitor*. No quarto capítulo, relatamos, de modo sucinto, nossa experiência na avaliação das redações integrantes do programa da SEE-MG, sempre com a preocupação de contextualizar e justificar os procedimentos e os critérios que adotamos. Por fim, no quinto capítulo, sintetizamos algumas possibilidades de projeção para a implementação do trabalho de escrita na sala de aula.

O procedimento fundamental da nossa escrita baseou-se na tentativa de selecionar, num amplo campo de possibilidades de questões dentro desse tema, aquelas que seriam mais interessantes para o leitor-professor com diferentes experiências pessoais, de trabalho e de formação. Como o nosso objetivo era especialmente a apropriação, no campo pedagógico, de perspectivas contemporâneas dos estudos linguísticos, numa experiência específica, preferimos não sobrecarregar o texto com citações bibliográficas. Entretanto, nosso discurso é atravessado por tantos outros e é particularmente marcado pelas leituras das obras indicadas na bibliografia.

Contamos com a coparticipação do leitor e com a sua cumplicidade, especialmente para preencher as lacunas (previstas ou não) deste texto.

Concepção de língua e de aula de Português: para além das palavras de ordem

Uma das várias atribuições da escola é ensinar a ler e a escrever. Desenvolver nos alunos a capacidade de transitar pelo mundo da escrita, como leitores e produtores de texto, tem sido uma das grandes preocupações que orientam os conteúdos da disciplina Língua Portuguesa. A aquisição e o desenvolvimento dessa capacidade envolvem processos de aprendizagem bastante complexos, exigindo, por isso, um investimento permanente no processo de escolarização.

O aprendizado da língua escrita requer não só a apreensão de um código formal (o alfabeto, as convenções ortográficas, os procedimentos de organização de uma página, etc.), mas, principalmente, a apropriação de uma multiplicidade de regras sociais nas quais se inclui o uso da linguagem. Em outros termos, não basta a técnica de escrever segundo os padrões formais (gramaticais), é necessário perceber que um sistema de escrita cumpre, numa sociedade, inúmeras funções; daí a produção e circulação de tantos textos com diferentes formas e funções – ou seja, textos de diferentes gêneros.

Esse universo amplo de realização da escrita determina um perfil de leitor que seja capaz de conviver com textos variados, realizando diferentes níveis de leitura. Determina, também, um usuário que, na condição de autor, seja capaz de produzir textos variados em função da diversidade de situações comunicativas presentes no seu cotidiano escolar e não escolar.

Sabemos que as práticas pedagógicas atuais tentam buscar uma adequação teórica e metodológica que incorpore essa complexidade do mundo da escrita. "Trabalhar com o texto do aluno", "formar leitores críticos", "estudar a gramática voltada para o texto", "fazer com que o aluno produza textos de gêneros variados" são princípios bastante difundidos. No entanto, nem sempre esses objetivos têm sido alcançados, o que reforça a tese de que aprender a ler e a escrever não são atividades simples e que, de fato, é preciso buscar novas posturas para que se concretizem, na escola, esses princípios.

Se pensarmos que a tradição de ensino sempre privilegiou o estudo da forma em detrimento do conteúdo e da função, fica mais fácil entender a dificuldade de se materializarem novos níveis de análise e novos procedimentos metodológicos. O estudo classificatório e normativista que orientou (e ainda orienta) a análise linguística parte de uma noção de língua como um sistema de regras que, se aprendido, automaticamente habilita o aluno a ler e a escrever. Segundo essa concepção – a de língua como um código –, é possível conhecer e descrever plenamente um sistema linguístico analisando e classificando as palavras e as frases, através da análise morfológica e sintática. Essa gramática das formas (a letra, a sílaba, a palavra, o período, a frase, a oração) privilegiou um único padrão linguístico, legitimado por fatores sócio-históricos. Encontramos nesse quadro teórico uma das razões que permitiu associar, de forma direta, a aula de Língua Portuguesa a uma aula de gramática normativa e/ou de nomenclatura gramatical e, consequentemente, sedimentar a oposição entre o "certo" e o "errado" que serviu de base para uma visão preconceituosa que supõe a existência de um padrão linguístico homogêneo.

Romper com essa tradição de análise não significa, hoje, abandonar levianamente alguns preceitos da gramática da forma, mas significa privilegiar o uso da língua na sua diversidade de formas e funções. Quando situamos um outro horizonte de análise, temos de admitir que a língua é um sistema, mas um sistema que nasce, vive e se modifica na interação e que se estrutura para a interação. A realidade fundamental desse sistema é a *interlocução* – a ação linguística entre sujeitos –, que se faz através dos textos ou discursos, falados ou escritos, e não de frases ou estruturas isoladas.

A novidade é, portanto, pensar que a língua também se compõe de um sistema discursivo, que inclui regras vinculadas às relações entre as formas linguísticas e o contexto em que são usadas. A novidade é levar em conta a dimensão discursiva da língua, que abre aos seus usuários a possibilidade de escolher, no leque de opções disponíveis, aquelas que melhor expressam seus objetivos, os efeitos de sentido desejados, etc. em função da identidade que assumem em cada texto, do lugar de onde falam e da imagem mental que têm do destinatário, da situação de interlocução, do suporte e do campo de circulação de sua fala ou escrita.

A tendência a levar em conta essa dimensão já tem produzido alterações nas prioridades da disciplina Língua

Portuguesa em diversas séries. Já é comum que os alunos relacionem a aula de Português com o momento de interpretar textos e de produzir redações. É, sem dúvida, uma alteração significativa, que parte do pressuposto de que existem diversos usos linguísticos e, logo, admitem-se padrões linguísticos mais flexíveis.

No entanto, conceitos como "texto" e "interação" ainda não foram suficientemente assimilados, nem do ponto de vista teórico nem do metodológico. Para não corrermos o risco de repetir palavras de ordem e novas categorias de análise sem um maior aprofundamento, tentaremos especificar esses conceitos no decorrer de nossas análises.

Levar em conta a interação verbal como modo de existir da língua tem consequências sobre a própria concepção de língua. Já não podemos pensar num sistema acabado, completo, pronto para ser usado como mero "instrumento de comunicação", nem podemos conceber esse sistema formado por um código fixo que determina previamente as possibilidades de sentido em todas as situações de uso linguístico. Um sistema que existe para a interação evolui, modifica-se pela ação dos falantes nos processos de interlocução; um sistema que existe *na* e *para* a interação é, por natureza, "sensível" ao contexto, prevê a inter-relação de suas formas e significados com as situações de uso e com o trabalho linguístico dos interlocutores no processo de produção e de compreensão dos textos. Daí a crítica pertinente de linguistas e educadores à prática que vê a memorização da nomenclatura gramatical e o exercício de análises sintáticas e morfológicas como as únicas possibilidades de se estudar a língua. Abre-se, portanto, com essa crítica, espaço para que se inclua no ensino da língua a dimensão discursiva, nem sempre considerada na sala de aula. Se é possível e desejável incluir novos níveis de análise, é necessário, em contrapartida, postular algumas categorias de análise que permitam operacionalizar estratégias para analisar o texto escrito. A explicitação dessas categorias e das possíveis formas de operacionalizá-las é, na verdade, uma das nossas principais tarefas.

Assim, pensando nos objetivos mais gerais do ensino de Português, esta nossa reflexão sobre a avaliação do texto escrito pretende, pela discussão e pela análise de um grande número de redações, clarear um pouco mais as concepções de língua e de texto que consideramos adequadas, por levarem em conta a complexidade dos fenômenos linguísticos.

Capítulo 1
O texto escrito na escola: avaliação

> Se podes olhar, vê. Se podes ver, repara.
> Confúcio, *Livro dos Conselhos*

A atitude de reparar parece tão corriqueira, tão trivial, que pode transformar o conselho acima numa recomendação desnecessária. No entanto, se repararmos bem, "botar reparo" não é algo tão simples: exige interpretação, associações, julgamento; exige, enfim, outros olhos. Reparar pode revelar; daí sua importância.

Neste capítulo, o tema que estará em evidência é a avaliação de textos escritos – as formas de se "reparar" um texto escrito, no contexto escolar. A ambiguidade do termo "reparar" (reparar em algo ou reparar algo) é interessante, uma vez que acena tanto para os possíveis modos de se ver – ler – o texto do aluno quanto para as estratégias de corrigi-lo. Considerando a infalível presença desse tema como preocupação dos professores de português, nosso objetivo aqui é apontar e discutir algumas questões relevantes para a sua compreensão.

Três pontos básicos sustentam a argumentação que vamos construir. Em primeiro lugar, nossa concepção de que a língua é um sistema que possibilita a interação. Em segundo lugar, e como decorrência do primeiro, a compreensão de que a ação de avaliar um texto escrito é "inter-ação", é ato de leitura que busca construir sentido. E, em terceiro lugar, a convicção de que a avaliação não apenas faz parte do jogo interlocutivo que se joga na escola como também pode ter a força de renová-lo e reorientá-lo, deixando de ser uma tarefa espinhosa para se tornar um momento privilegiado do processo ensino-aprendizagem.

Por isso, pedimos aos leitores que "botem reparo" na nossa análise, porque o nosso texto é, principalmente, um convite à reflexão.

Definindo as perguntas

Na tradição escolar, a avaliação de redações tem se orientado basicamente pela busca de erros gramaticais. Muitos professores questionam essa tradição, seja pelo reconhecimento de que é necessário considerar também o "conteúdo" do texto, seja pela decisão de respeitar o processo individual de aprendizado não tolhendo o aluno com os riscos em vermelho no seu texto. É frequente, no entanto, que a inquietação se limite a procurar respostas para perguntas do tipo: *Que percentual da nota atribuir ao "conteúdo" e à gramática? Quantos pontos descontar a cada erro? O professor deve ou não marcar os erros? Que tipo de erro deve marcar?* Embora essas questões tenham um sentido forte no cotidiano escolar, já que dizem respeito a decisões que devem inevitavelmente ser tomadas no processo de correção e atribuição de notas, não podemos desconsiderar o fato de que elas, na realidade, evidenciam a visão de texto, de ensino de língua e de aprendizagem que orienta a prática do professor. Se as perguntas incidem apenas sobre o como corrigir, é sinal de que podem estar sendo deixadas de lado indagações fundamentais: *por que, para que* e *o que* avaliar.

Entendemos que essas questões precisam ser formuladas conjuntamente, de modo que o trabalho de avaliação venha a ser o resultado de uma compreensão que dimensiona o texto escrito em toda a sua complexidade. Reduzir a avaliação de textos a um conjunto de procedimentos a ser rigidamente seguido seria uma atitude simplista. A avaliação pode se apresentar sob formas e momentos diversos. As estratégias de escrita, em quaisquer situações escolares, podem e devem incluir momentos e recursos para que o aluno refaça o texto como um todo ou ajuste algumas ocorrências linguísticas específicas. Nesse sentido, o diagnóstico de todo um conjunto de habilidades, através de um único texto, é uma das possibilidades, mas não é a única nem a mais eficiente para o aluno. A avaliação é, sobretudo, processual e participa dos momentos da escrita, da produção em si mesma, na forma de autoavaliação. Quem escreve avalia o próprio texto, e, nesse caso, avaliar pode significar rever, corrigir, reescrever, rascunhar, passar a limpo, confirmar ou negar hipóteses no ato da escrita, o que não precisa ser necessariamente realizado apenas na escola nem numa única aula.

É preciso também que o professor se volte para sua própria visão de texto e de avaliação e, principalmente, que considere as repercussões das marcas da sua correção deixadas na redação do aluno: Elas vão contribuir para uma melhor adequação daquele texto? Vão ajudar a desenvolver a escrita do aprendiz? Não temos uma postura prescritiva – não temos a ilusão de fornecer soluções para todas as complexas questões que envolvem a avaliação de textos –, mas é evidente que, ao formularmos determinada concepção de texto e de avaliação, estaremos apresentando alguns parâmetros metodológicos para a leitura do texto do aluno com vistas à implementação de estratégias de ensino-aprendizagem da escrita.

Nesse sentido, um aspecto de fundamental importância é considerar que avaliar um texto significa, inicialmente, lê-lo, com todas as implicações de um ato de leitura. Como consequência dessa concepção, a postura prescritiva será substituída aqui por uma atitude relativizadora: buscaremos analisar as falhas e as virtudes dos textos, ao mesmo tempo em que procuraremos verificar suas possibilidades de leitura.

A atividade de avaliação, nessa perspectiva, acaba por se situar entre dois extremos: é um jogo entre aquilo que gostaríamos que um texto escrito cumprisse e aquilo que o autor efetivamente realiza. É por essa razão que insistimos na ideia de que a avaliação é, antes de tudo, uma atividade de leitura e, como tal, exige uma postura de diálogo perante o texto. Dispor-se ao diálogo não significa adotar uma atitude complacente, não implica ficar impassível diante da escrita do aprendiz nem obrigado a acatar, sem direito a objeção, qualquer opção do aluno. Significa, isto sim, considerar o trabalho textual empreendido pelo aluno-autor, freando qualquer tendência preconceituosa e pouco cooperativa que possa comprometer a leitura.

Por que avaliar?

Ao defendermos a ideia de que o professor é primeiro um leitor do texto do aluno, não estamos negando a possibilidade de avaliação escolar. Não estamos aqui endossando a atitude espontaneísta de não avaliar para "não inibir a criatividade" ou "não desencadear uma relação negativa do aluno com a escrita". O principal argumento daqueles que adotam essa postura é a constatação de que o processo de escrita, no contexto escolar, costuma ser tão carregado de sentido punitivo, que acaba produzindo sentimento de fracasso nos autores-aprendizes, já que os professores-avaliadores assumem o lugar de um revisor implacável, e não o de um leitor cooperativo. Realmente, se a produção de um texto adquire o contorno de um campo de batalha, a ideia de avaliação faz pouco sentido. É aí, então, que nasce a justificativa para a não avaliação, porque se parte do pressuposto de que toda intervenção do professor é marcada por uma relação de poder que tende a bloquear a capacidade criadora do aprendiz. Questionar essa atitude que transforma avaliação em guerra, jogo de poder ou acerto de contas pessoal é, de fato, saudável e positivo, mas daí não se pode concluir que o texto escrito do aluno seja intocável ou tenha sempre de receber só elogios.

Na verdade, se pensarmos nas nossas práticas sociais fora do ambiente escolar, chegaremos à conclusão de que nossos textos (falados e escritos) são constantemente avaliados por interlocutores, assim como nós avaliamos os textos com os quais interagimos. Estamos entendendo por avaliação não a atribuição de notas, mas o processo – "normal" em qualquer comunicação linguística – de apreciação das ideias e da forma de um discurso. Assim, numa conversação, por exemplo, temos parâmetros que nos permitem avaliar se nosso interlocutor está falando muito ou pouco, se sua fala está aborrecida ou interessante, se ele está sendo coerente ou está se contradizendo, se seu palpite foi adequado ou inadequado, etc. Participar de uma conversa não requer somente o ato mecânico de ouvir ou falar; implica acompanhar e avaliar aquilo que está sendo dito ou aquilo que estamos falando. Com a comunicação escrita acontece a mesma coisa. Quando lemos, não só procuramos entender as informações contidas no texto, mas também avaliamos as opções do autor, tanto no que se refere à visão de mundo que o orientou quanto à forma de apresentação do texto. E, aí, gostamos ou não gostamos do texto, concordamos ou discordamos do autor, consideramos o texto claro, bonito, bem escrito ou, pelo contrário, confuso, desagradável, pesado, difícil, etc.

Então, na escola, por que avaliar o que os alunos escrevem? Primeiro, porque a avaliação faz parte do processo de interação linguística, está presente na comunicação verbal, falada ou escrita que se desenrola no cotidiano das pessoas. Segundo, porque a avaliação é um dos elementos do processo de ensino que possibilitam o desenvolvimento das habilidades linguísticas do aluno.

Negar a possibilidade de uma atitude avaliativa diante do texto do aluno seria ir em direção contrária às práticas sociais comuns e esperadas pelos interlocutores; seria, em última análise, distanciar e diferenciar, cada vez mais, o uso da linguagem tipicamente escolar daquele que é praticado fora da escola. Por isso entendemos que os prejuízos de uma atitude espontaneísta em relação ao texto do aluno são tão grandes quanto os de uma correção autoritária e sem critérios. Não apontar erro algum ou avaliar para punir são procedimentos extremos, que não correspondem ao uso da língua na interação social e, portanto, não contribuem positivamente para desenvolver no aluno sua competência linguística.

Se negamos o olhar punitivo e o olhar passivo, que alternativa apresentamos? Entendemos que é preciso redimensionar o processo de avaliação do texto escrito na escola, pelo estabelecimento de uma relação interlocutiva em que aluno e professor se colocam como sujeitos e como parceiros, autor e leitor cooperando na produção de sentidos. As reflexões que agora apresentamos analisam a viabilidade dessa alternativa. Começamos por discutir a utilidade da avaliação, para o aluno e para o professor.

Para que avaliar? A utilidade da avaliação para o aluno e para o professor

A avaliação de um texto escrito pode e deve ter como objetivo sinalizar, para o aluno, as virtudes e os problemas do texto, explicitando as razões da sua adequação ou inadequação. Assim, poderá tomar-se um recurso valioso que, a médio e longo prazo, contribui para que os alunos tenham domínio da língua escrita, nas suas diversas formas e funções.

Para exemplificar como poderia ser uma avaliação nesses moldes, apresentamos uma análise de dois textos: as redações "A fasenda" (redação 1) e "Várias matérias" (redação 2), ambas produzidas por alunos da 5ª série diurna de escolas estaduais, na prova de Português aplicada pela SEE-MG, no final de 1993, como parte do Programa de Avaliação da Escola Pública.

Redação 1

A fazenda

No ano passado eu viajei para a fazenda da minha vovó.
Chegando lá, eu vi muitos animais, pássaros cantando, peixes no lago etc.
A minha vovó fez muitos doces de leite da vaca Mumu.
A vaca mumu é muito levada ela só fica comendo capim e está engordando muita.
O meu tio Juca tira leite na vaca Mumu, ele é muito bom, ele trabalha na rocinha dele produz muitos frutos, banana, abóbora, manga, laranja, etc.
Na fazenda a muitos animais, cavalo, vaca, porcos, galinhas, pato, cachorros e muitos outros.
No amanhece o dia agente brinca no curral com os bizerrinhos e com os cavalinhos.
Na fazenda da minha vovó é muito bom.

Kim

Trata-se de um bom texto? É a primeira questão que poderíamos formular. Na realidade, essa não é uma pergunta exclusivamente nossa. O próprio autor desse texto deve ter uma expectativa natural, e bastante justa, de receber algum tipo de retorno para o seu trabalho. Mais do que isso, ele certamente gostaria de saber as razões que justificariam o suposto sucesso ou fracasso de sua empreitada.

A resposta a essa inevitável pergunta vai depender do modo como o leitor vê o texto e da escolha de um ponto de vista que lhe permita "botar reparo". Assim, teremos tantas respostas e justificativas quantos forem os pontos de vista adotados. Para não estender muito a discussão, vamos apresentar duas possibilidades de leitura e, consequentemente, de avaliação.

Uma primeira resposta poderia dizer que esse é um bom texto, tendo em vista que quem o produziu é um aluno de 5ª série de escola pública, com idade regular para o processo de escolarização. Levando-se em conta o nível de escolaridade e a faixa etária do autor, pode-se entender e justificar a seleção do conteúdo (a descrição idealizada de uma fazenda, com todos os chavões utilizados) – porque o tema faz parte do universo infantil e de uma possível imagem de texto valorizada pela escola. Além das informações selecionadas, seria considerado o fato de que o texto apresenta baixo índice de erros ortográficos e gramaticais (principalmente na concordância) e uma caligrafia legível.[1] Todas essas qualidades somadas permitiriam justificar um julgamento favorável da redação.

Uma segunda resposta poderia, apesar de considerar válidos os argumentos apontados na "defesa" da redação, levantar a questão da pertinência desse texto em relação à situação em que foi escrito. Na prova da SEE-MG, a proposta de redação solicitava ao aluno que escrevesse sobre as dificuldades enfrentadas na 5ª série, durante o ano letivo de 1993 (ver Anexo 1). Nesse quadro, "o que é que a fazenda da vovó tem a ver com a história?" é uma pergunta que um leitor conhecedor da proposta faria. Embora o texto apresente um domínio razoável do sistema de escrita (para um aluno de 5ª série), só isso não garante seu sucesso efetivo, já que para o seu bom funcionamento seria necessária uma adequação às regras contextuais ou à situação comunicativa específica.

Do confronto entre essas duas respostas, podemos concluir que cada uma delas privilegiou um aspecto: a primeira, a apresentação formal; a segunda, as regras contextuais. Nossa argumentação vai tentar associar esses dois aspectos.

---

[1] Algumas das redações analisadas não puderam ser reproduzidas por falta de qualidade técnica. Por isso, optou-se por uniformizar o tratamento gráfico do material, apresentando as redações dos outros capítulos digitadas. A digitação não corrige nem altera nada, copia fielmente o que o texto traz em termos de ortografia, pontuação, paragrafação e sintaxe.

Levando-os em conta na análise da redação 1, diremos que esse texto, que eventualmente poderia funcionar e ser adequado em outra situação, nos parece fora de propósito em relação ao tema a que ele deveria vincular-se e aos objetivos que deveria cumprir no contexto em que foi escrito.

Quais seriam as consequências de não dizer para o aluno as razões da inadequação de seu texto? Parece-nos evidente que quando se nega ao aluno esse tipo de avaliação não se está contribuindo para que ele tenha uma compreensão mais adequada das regras de funcionamento de um texto. Assim, é preciso que esse autor saiba quais serão seus prejuízos ao recusar-se a aceitar o tema e a tarefa propostos por um interlocutor, especialmente numa situação de avaliação formal.

Passando agora à redação 2, podemos fazer a mesma pergunta: trata-se de um bom texto, de um texto que funciona?

Redação 2

Várias matérias
A muitas matérias na 5ª série.
As matérias são: Português, matemática, geografia, literatura, Religião, História e Ciências.
A matéria que eu não gosto de Português.
O professor de matemática é o melhor.
Foi o que eu mais gostei.
Professora de português é a que eu não gosto.
De Religião é a melhor de todas apena que é uma por semana.
Eu fui reaprovado em português.

No texto 2 temos o inverso do que vimos no texto 1. O autor se fixa no tema sugerido (as dificuldades enfrentadas na 5ª série), entende, mesmo que parcialmente, a tarefa que lhe foi solicitada, mas tem um desempenho insuficiente na utilização do sistema escrito, além de apresentar seu texto com uma disposição gráfica que foge aos padrões escolares.

O problema mais sério, no entanto, é a impressão que se tem de que as frases escritas estão desarticuladas, e os argumentos, desconexos. Essa impressão vem do fato de que o autor construiu e encadeou seus enunciados valendo-se apenas de processos típicos da conversação coloquial (sobretudo as construções contrastivas[2] e a justaposição), mas não pôde, por se tratar de enunciados escritos, "amparar" e complementar esses processos com os recursos de entonação que usamos para dar coesão aos textos orais, sobretudo os usados nas situações cotidianas descontraídas.

Com a redação "Várias matérias", queremos demonstrar que, na escrita, em situações formais, a organização é muito importante para criar uma imagem positiva do texto e, consequentemente, do autor. Por isso é que esperaríamos, para um aluno da 5ª série, o domínio efetivo de algumas regras contratuais que o texto escrito formal, destinado a um interlocutor distante e desconhecido, deve estabelecer com esse leitor, entre as quais se incluem a disposição estética, a ortografia nos padrões exigidos pelo sistema escrito e também uma explicitação das informações e das relações lógico-semânticas entre os enunciados, cuja ausência poderia ocasionar alguma dificuldade de compreensão.

Em síntese, abandonar gratuitamente o tema (redação 1) ou abandonar algumas exigências da organização formal (redação 2) são atitudes que trazem consequências negativas para o processo de interação que deve se realizar através dos textos escritos em situações de uso público da linguagem, como a redação numa prova integrante de um programa de avaliação da rede estadual de ensino. Esses dois exemplos

---

[2] Construções contrastivas são aquelas em que se desloca um termo para a primeira posição da frase para contrastá-la com outro, que pode ter aparecido no enunciado anterior. Um exemplo, nessa redação, é "De religião é a melhor de todas", em que se tem a elipse do termo professora e a expressão "de religião" se opõe à expressão "de português", do enunciado anterior.

apresentam problemas diferentes, situados em planos diferentes. Se os alunos-autores não forem alertados quanto aos defeitos de seus textos, através de uma avaliação criteriosa e honesta, torna-se maior a possibilidade de internalizarem a falsa ideia de que não existem parâmetros que orientem a produção do texto escrito.

Do ponto de vista do aluno, a razão que justifica a avaliação dos textos que escreve é que por meio dela lhe poderão ser explicitadas as regras de utilização da língua escrita, tanto as regras funcionais (as limitações e as possibilidades dadas por uma situação, por um tipo de leitor, por um tipo de tarefa, de tema, etc.) quanto as regras formais (as limitações e as possibilidades apresentadas pelo sistema de escrita, através de suas convenções e normatizações).

Do ponto de vista do professor, a avaliação é importante porque pode orientar o seu trabalho, uma vez que nos textos produzidos pelo aluno é possível encontrar elementos que virão a compor a seleção de conteúdos a serem trabalhados pela disciplina Língua Portuguesa.

As perguntas apontadas no início deste capítulo – *Que percentual da nota atribuir ao "conteúdo" e à gramática? Quantos pontos descontar a cada erro? O professor deve ou não marcar os erros? Que tipo de erro deve marcar?* – serão respondidas com mais tranquilidade pelo professor que tiver clareza quanto aos objetivos e às funções de sua avaliação e levar em conta o estágio de aprendizagem da escrita em que se encontram os alunos, o gênero do texto, as finalidades e o contexto da comunicação, a natureza dos erros, entre outros aspectos. Essa perspectiva abre espaço para intervenções diferentes em situações diversas: em alguns momentos, pode ser bom e útil assinalar em vermelho os erros dos alunos; em outros, esse pode não ser o procedimento mais conveniente, em função do que se pretende a cada processo de avaliação.

A avaliação pode realimentar o planejamento de ensino, que passará a prever a abordagem sistemática dos problemas constatados nos textos dos alunos. Enfim, a partir dela o professor pode encontrar elementos e parâmetros para avaliar, planejar e reformular o próprio trabalho, definindo prioridades e escolhendo estratégias mais adequadas e produtivas.

Falamos até aqui sobre *por que* e *para que avaliar*. Restam ainda questões fundamentais – *o que* e *como avaliar* –, que serão discutidas no próximo capítulo.

Capítulo 2
Avaliar o quê? E como?

A linguagem como interlocução

Quem concebe a língua como um código que pode ser compreendido pela análise de suas formas tenderá a responder à pergunta acima dizendo que, num texto escrito, deve-se avaliar a correção das formas – sinais gráficos, palavras e estruturas sintáticas –, tomando como parâmetro único a sua correspondência com o padrão escrito culto e formal. Durante muito tempo, essa foi a postura predominante. A "correção" de redações era um momento de acerto de contas, em que o professor verificava se os alunos tinham aprendido as lições da gramática normativa. O professor checava, então, a ortografia, a pontuação, o uso da crase, a concordância e a regência e quase nem se lembrava de ler o texto.

No entanto, essa atenção exagerada e exclusiva às formas passou a ser vista como equivocada, porque, ao olhar para a forma, deixava-se de lado o sentido. Assim, ganhou força a tendência oposta, de privilegiar o conteúdo em detrimento da forma. Essa maneira de se colocar frente ao texto do aluno marcou presença nos anos 1980, num momento em que se condenavam as teorias gramaticais formalistas e a postura prescritivista do ensino, desprestigiadas diante de novas tendências dos estudos linguísticos. Paralelamente à tendência de valorização do conteúdo, considerado do ponto de vista ideológico, ou moral, ou estético, de acordo com as preferências pessoais do professor, constatou-se, na escola, uma incerteza quanto às possibilidades de aceitação de dialetos diferentes do padrão escrito formal. Houve tanto aqueles que entenderam não poder abrir mão da correção gramatical quanto aqueles que julgavam a imposição do dialeto socialmente mais prestigiado como antidemocrática e inibidora da expressão individual do aluno.

Se concebemos a língua como um sistema integrado pelos níveis de organização gramatical, semântico e discursivo e se consideramos o texto como resultado de suas condições de produção, nossa compreensão quanto à avaliação de um texto escrito tem de levar em conta a articulação entre os aspectos formais, semânticos e discursivos (ou comunicativos) que constituem qualquer texto.

Entendemos que o processo de produção integra três atividades diferentes, mas complementares e inter-relacionadas: a) a atividade de *situação*, que consiste em considerar e interpretar os elementos que compõem o contexto comunicativo (*quem* fala ou escreve, *para que, para quem, onde, quando*) e em se posicionar diante deles; b) a atividade de *cognição*, que consiste em pensar sobre o tema do texto (*o que*), ativando os conhecimentos armazenados na memória, relacionando-os com os que vêm da própria situação interlocutiva, articulando-os de modo a produzir novas ideias, nova maneira de compreender a questão, de modo a organizá-los num texto que pareça lógico, coerente e interessante para os interlocutores; c) a atividade de *verbalização*, que vem a ser a ação de traduzir em palavras e frases as próprias intenções comunicativas e o conteúdo a ser comunicado, compondo um texto coeso, numa variedade linguística adequada à situação (trata-se de *como* falar ou escrever).

Com essa compreensão, vamos examinar nos próximos itens três questões relevantes para a construção de uma resposta mais operacional à pergunta sobre *o que e como avaliar*.

A primeira delas trata do princípio interativo da linguagem e considera o caráter regrado, normativo, das relações intersubjetivas mediadas pela linguagem verbal. A segunda questão descreve a relação entre forma e conteúdo, que se mostra complexa quando se tem em mente a ação cognitiva do autor, seu conhecimento da língua e da escrita, as escolhas que ele tem de realizar diante das diversas possibilidades de expressão oferecidas pelo sistema linguístico e a necessidade de essas escolhas serem adequadas para manifestar, numa determinada situação comunicativa, suas intenções e sua interpretação do tema. A terceira questão refere-se ao conhecimento linguístico do aluno. Trata-se da relação entre a variedade oral coloquial que ele usa cotidianamente, a escrita que aprende na escola e as variedades mais elaboradas – faladas e escritas – que deverá ser capaz de usar em situações públicas e formais.

Antes de entrar para a escola, o aluno domina uma variedade oral do português, tendo construído esse conhecimento na interação com os membros de sua família e de sua comunidade. Mas, a partir da interação com o rádio e a televisão, por exemplo, seu conhecimento da língua abriga também a intuição – comum a todo falante – quanto à coexistência de um complexo de variedades linguísticas cujo uso é determinado pelas origens dos usuários e as situações de comunicação. A escrita – com todas as variedades que abarca – vai ser aprendida preferencialmente na escola e, para aprendê-la, o aluno se vale do que já sabe sobre as variedades da linguagem oral. Assim, é previsível que, durante o aprendizado, ele utilize, na escrita, recursos e procedimentos que domina na produção do discurso oral, sem se dar conta de que alguns deles não funcionam bem no texto escrito, sobretudo se se tratar de escrita formal. A compreensão desse processo é indispensável ao professor de Português, para que ele tenha mais clareza sobre o que e como avaliar, mas, principalmente, antes disso, para definir conteúdos, objetivos e estratégias de ensino.

A interação linguística cotidiana

Na prática cotidiana da linguagem ninguém "joga conversa fora"; toda conversa tem uma função ou produz algum efeito, ou seja, as pessoas falam para alcançar algum objetivo, para interagirem entre si. Quando falamos de interação, não queremos dizer que o "mundo" da linguagem é harmônico e que as pessoas estão sempre se entendendo com perfeição. O princípio interativo significa que a língua, por sua natureza social, existe para viabilizar a tendência humana de agir e interferir na realidade; pressupõe uma ação e uma reação dos sujeitos envolvidos na comunicação. Uma criança que, ainda pequena, ao dirigir-se à mãe, diz a palavra "água", provavelmente não está interessada em simplesmente informar que está com sede, mas espera que a mãe lhe dê água. Quando duas pessoas se encontram pela primeira vez e não têm muito o que dizer uma à outra, é comum começarem a conversa por frases feitas do tipo "está quente hoje". Mesmo nessas situações, digamos, gratuitas, o que se espera é uma "resposta" do outro. O que não impede, é claro, que o outro silencie e saia do "jogo". Acontece que essa interação, ao mesmo tempo que permite escolhas linguísticas aos sujeitos falantes, é também regulada ou orientada por regras previamente delimitadas e que variam de acordo com a situação em que ocorre.

Em situações que incluem o uso da língua escrita, esse princípio interativo também ocorre. As pessoas que escrevem cartas para parentes e amigos, por exemplo, aprenderam, mesmo sem saber que estavam aprendendo, algumas regras funcionais e formais desse gênero, tais como: 1) escolher um papel, o mais adequado possível (embora se possam encontrar cartas redigidas em "papel de pão", quem puder escolher outro papel, escreverá, por exemplo, no bloco de cartas); 2) colocar na carta o local e a data em que ela está sendo escrita; 3) saudar, cumprimentar o destinatário, ou dirigir-se a ele carinhosamente; 4) dar notícias de si mesmo e pedir notícias do outro; 5) selecionar um "jeito de dizer" diferenciado, conforme se dirijam à avó, ou ao pai, ou ao amigo, ou à namorada; 6) produzir uma "estratégia" adequada, conforme o tema e os objetivos que motivam o processo comunicativo com esses interlocutores.

Poderíamos continuar desenvolvendo esse exemplo até chegar às regras relativas às estruturas sintáticas, ao vocabulário, à ortografia e até à caligrafia. Certamente é possível que alguém queira infringir as regras, mas essa infração terá consequências, que podem ser positivas ou não. Pode-se, por exemplo, escrever a carta num guardanapo de papel ou no "dialeto caipira", sem, com isso, criar problemas. No entanto, se, ao se endereçar a carta, não se preencher o envelope seguindo as regras ou convenções previstas pelos Correios, pode ser que, por isso, a correspondência não chegue a seu destino.

O que importa, aqui, é realçar o fato de que aprender a escrever é mais do que aprender a combinar as letras do alfabeto em sílabas, palavras e frases gramaticalmente corretas. Mesmo sabendo fazer essas combinações, há muito o que aprender sobre como as utilizar para transformá-las em textos com bom funcionamento comunicativo.

É possível que o fator mais forte de controle do comportamento linguístico seja a posição social dos interlocutores. Isso significa que não basta saber falar e escrever. A língua, ao mesmo tempo que cria uma identidade para seus usuários, exige, em contrapartida, que eles ocupem, nos usos específicos da fala e da escrita, lugares sociais que lhes deem autoridade para falar e escrever sobre determinados assuntos, em determinadas situações. Por exemplo, não é qualquer brasileiro alfabetizado, letrado, que pode publicar um livro ou enviar matéria para um jornal de grande projeção. Em todos os espaços sociais – na família, na escola, no trabalho, no sindicato, etc. – há regras, ainda que veladas, subjacentes, para regular o que pode ser dito, quem pode dizer e como se deve dizer. Enfim, é relevante enfatizar que a forma como se fala ou se escreve é condicionada por elementos extralinguísticos, no plano social e histórico, no plano individual, no plano da situação comunicativa específica.

Assim, além do domínio do sistema linguístico e de suas convenções, aquele que escreve precisa:

a) Conhecer o gênero textual compatível com a situação e com o objetivo previamente delimitado (carta, bilhete, requerimento, editorial, receita, etc.). Esse conhecimento é adquirido na prática cotidiana, e isso fica claro quando temos de escrever um texto que foge da nossa experiência. Imagine um leigo no assunto que tivesse de redigir um necrológio ou uma petição de divórcio direto. É possível que ele tivesse de consultar manuais, especialistas ou tomar outro texto como ponto de partida.

b) Saber quem vai ler o texto e em que condições de leitura o fará (objetivos, conhecimentos e possíveis estratégias do leitor). Aliás, os textos podem conter algumas indicações dessas condições. Por exemplo, uma receita culinária é concebida de forma a facilitar a sua leitura ou a sua utilização para execução de uma tarefa. Primeiro vêm os ingredientes ou a seleção do material a ser utilizado e depois vem o modo de fazer. Esse modo de fazer, por sua vez, se organiza em etapas cronologicamente hierarquizadas, indicando os passos a serem seguidos pelo cozinheiro. É claro que essa leitura da receita não é a única possível. Alguém poderá ler começando pelo modo de fazer e, depois, ler os ingredientes, dependendo do objetivo que tiver num dado momento (por exemplo, verificar se é necessário ter liquidificador ou forno elétrico, quanto tempo se vai gastar para fazer o prato, etc.).

O que dissemos em (a) e (b) aponta para a conclusão de que, no momento de redigir um texto, é necessário saber onde e como ele circula, quais são as suas funções, a que objetivos ele pode servir. É necessário, ainda, saber que ele tem um estilo de linguagem mais usual e uma estrutura típica, que não é rígida, com certeza, mas, sendo resultante da ação linguística coletiva sedimentada ao longo do tempo, contém orientações para organizar de determinada forma determinados conteúdos para determinadas situações já vivenciadas na prática social das pessoas. Assim vão surgindo, numa comunidade de falantes, os padrões textuais – os gêneros –, que, como dissemos acima, não são absolutamente fixos e imutáveis, pelo contrário, são "relativamente estáveis" (conforme propõe Bakhtin). O que acontece com a história dos textos, que resulta no surgimento de certa padronização para atender a suas funções na sociedade, é provavelmente o que acontece com outros artefatos culturais como o vestuário, a alimentação, a arquitetura, etc.

A escola, como toda instituição, produz gêneros textuais e regras funcionais e formais que orientam e controlam o uso desses gêneros em seu interior. O que caracteriza esses gêneros e sua circulação nessa instituição?

Podemos afirmar, logo de início, que o processo escolar de produção e circulação de textos é marcado por algumas especificidades que fazem com que o produto escrito tenha características peculiares, exatamente pelo fato de ser feito na escola e para a escola. Estamos ressaltando, nesse momento, não o espaço físico da escola, mas as representações – imagens mentais – que são criadas e sedimentadas nesse espaço, principalmente aquelas que envolvem a definição de uma "boa" linguagem, de um "bom" texto. São essas representações mentais que, na verdade, vão estabelecer as regras da linguagem escolar, determinando os pesos e as medidas que orientam o processo de avaliação escolar.

O que nos compete, no presente trabalho, é justamente discutir esses pesos e essas medidas, relativizando as fronteiras rígidas que separam o certo do errado, o correto do incorreto.

A relação entre forma e conteúdo

Desde que entramos na escola, começamos a aprender sobre *o que* é possível escrever (conteúdo) e *como* se deve escrever (forma) naquele espaço.

Há temas proibidos, há temas obrigatórios, há temas aceitáveis, assim como há fórmulas especiais para se falar desses temas. Em geral, os temas permitidos e aceitáveis são aqueles que modelam o comportamento considerado correto, positivo; os proibidos são aqueles que prejudicam "a boa formação" do aprendiz ou que podem trazer conflitos psicológicos e sociais que tumultuem a ordem e o aprendizado escolar. Portanto, o tema da redação escolar e a posição a ser adotada em relação a ele são, quase sempre, preestabelecidos ao sujeito que redige.

Quanto à forma, a escola costuma lidar com determinadas regras linguísticas e padrões textuais como se fossem as únicas possibilidades de expressão escrita. Em geral, toma-se como norma obrigatória a chamada "língua culta", dialeto de maior prestígio, excluindo-se todos os outros usos da língua que têm efetiva circulação social. Além disso, costuma-se vigorar na escola a ideia de que há alguns poucos tipos[1] de

---

[1] O consenso em torno das noções de *gênero* e *tipo* vem se construindo recentemente, nos estudos acadêmicos e nos documentos de política educacional. Os *gêneros* têm sido compreendidos como modelos sociais de textos, definidos por sua função, seu contexto de uso e por suas características formais, como o modo de se organizar e o estilo de linguagem usado. Já os *tipos* têm sido tomados como estruturas formais bem características, que podem aparecer em diferentes gêneros textuais. Assim, o romance, a notícia, as instruções de uso de aparelhos eletrodomésticos, o artigo científico são alguns exemplos dos inúmeros gêneros textuais em uso em nossa sociedade. Já os tipos textuais são em número restrito – narrativo, descritivo, expositivo, argumentativo e injuntivo – e podem fazer parte de vários gêneros. Por exemplo, no romance e na carta podem estar presentes sequências narrativas, descritivas, expositivas e argumentativas.

texto (o narrativo, o descritivo, o dissertativo) que devem ser tomados como objeto de ensino e modelo a ser seguido, fôrma[2] a ser preenchida.

A análise da redação 3 ilustra o argumento de que a escola lida com modelos prévios de conteúdo e forma, mas demonstra também que, mesmo nessas condições, há sempre o trabalho linguístico do aluno, a atividade mental subjetiva que orienta seus processos de leitura e de produção de textos, em função de sua história de vida, seus conhecimentos, seus desejos e expectativas, suas crenças e tendências pessoais. Uma e outra questão merecem ser objeto da atenção de quem está na sala de aula, comprometido com o ensino-aprendizagem da língua materna.

Nessa atividade de produção textual, o aluno deveria falar sobre o ano letivo de 1993, mas a partir de uma perspectiva preestabelecida pela proposta de redação: a das dificuldades escolares (ver Anexo 1).

Redação 3

Redação escolar

Eu passei muitas dificuldades para chegar na 5ª série eu vivia chorando porque não dava conta das tarefas.

Eu adorei o que o estado para nós e as tificuldades que eu tive eu fui resolvendo com muita atenção as professoras poderiam ter tirado as contas os problemas

No plano do conteúdo, o trabalho do aluno foi direcionado pela proposta, que definiu o tema e o modo de tratá-lo. Essa proposta afirma que 1993 foi um ano muito diferente, em termos de vida escolar, pressupõe que a diferença entre

---

[2] Intencionalmente estamos infringindo as leis ortográficas ao acentuarmos a palavra fôrma. Queremos com essa atitude garantir, na leitura, o significado pretendido, evitando a ambiguidade que a ausência do acento inevitavelmente provoca.

a 4ª e a 5ª séries resultou em dificuldades para o aluno e estabelece previamente as causas dessas dificuldades: várias matérias, muitos professores, novo ambiente, novos amigos, muita cobrança.

As perguntas (sob forma de roteiro) que seguiram o quadro ilustrativo da proposta compuseram junto com ele as indicações para que o aluno-autor imaginasse ou configurasse o seu texto segundo as expectativas do seu leitor no contexto escolar, que é representado preferencialmente pelo professor.

As orientações dessa proposta foram, no entanto, reinterpretadas pelos sujeitos que fizeram a prova do Projeto Quintava[3] da SEE-MG: alunos de 5ª série, com mais ou menos 11 anos de idade, com determinados conhecimentos da escrita, tanto no que se refere aos aspectos internos do sistema ortográfico quanto aos seus usos sociais. Com isso estamos ressaltando que, apesar do direcionamento imposto por situações escolares de escrita desse tipo, sempre existe uma atividade linguística subjetiva por parte daquele que realiza a tarefa de escrever. Para demonstrar esse fato, vamos analisar como, na redação 3, o aluno lidou com a problemática relação entre conteúdo e forma.

De início, consideramos que o título escolhido pelo autor é inadequado, já que não há uma correlação clara entre o que ele sugere e o que é concretizado pelo texto. No entanto, não se esgota aí a discussão. É preciso levar em conta o uso social de intitular determinados textos por seu gênero, explicitando sua função – os "atestados", as "declarações", os "requerimentos", etc. –, o que pode ter orientado a percepção do aluno-autor de que "redação escolar" corresponde a uma certa categorização, um uso da escrita bem característico. Pode ser que ele tenha formulado a hipótese de que na escola todo texto deve se

---

[3] Essa sigla é o nome dado pela SEE-MG ao projeto de avaliação da 5ª série: **Ava**liação da **Quint**a Série do Ensino Básico.

apresentar sob o rótulo "redação escolar". Assim, parece ser possível atribuir essa escolha a uma intuição do aluno de que seu texto está delimitado por uma situação de escrita em que prevalecem algumas regras e regularidades aprendidas durante seu processo de escolarização. Portanto, esse título aponta para "uma cara", uma maneira de ser, social e culturalmente construída na escola para o texto escrito. Por outro lado, esse título leva o leitor a situar o texto no universo escolar e o prepara para relacionar as informações que vai ler, tomando como referência esse universo. Em síntese, o título, embora não represente o tema da redação, funciona como um sinalizador do ponto de referência a partir do qual o texto deve ser interpretado, em função da indicação do gênero a que pertence.

Ao longo da redação, o aluno vai utilizando formas e arranjos linguísticos com os quais espera fornecer ao leitor pistas suficientes para o acesso ao conteúdo. Assim, ao lermos o texto, vamos fazendo algumas ligações que nos permitem interpretar seus elementos formais.

Por exemplo, ao começar pelo pronome *eu*, o autor fornece uma pista que deve acionar no leitor uma série de operações que vão possibilitar uma articulação global do texto. Nesse caso, em razão da inserção desse texto no Programa de Avaliação da Escola Pública da SEE-MG, sabe-se que *eu* deve ser interpretado como "aluno da 5ª série, provavelmente uma criança com idade em torno de 11 anos". Essas inferências, no entanto, não são inerentes ao pronome, que, linguisticamente, apenas indica que o texto está sendo narrado na primeira pessoa. Especificamente nessa redação, o pronome funciona como indicação para que o leitor entre em um jogo estrategicamente montado: *suponha que quem conta essa história sou eu, um aluno de 5ª série*.

Outro exemplo que ilustra nossa tese de que o processo de produção de texto envolve um trabalho linguístico realizado pelo autor pode ser encontrado na frase "Eu passei muitas dificuldades para chegar na 5ª série". Se pensarmos do ponto de vista do sistema linguístico, o aluno tinha à sua disposição um leque de opções. No lugar de "passei", poderia dizer "tive", "enfrentei", "atravessei", "passei por", "arrumei", etc. Vê-se, pois, que, para expressar esse "simples" conteúdo, precisou tomar uma decisão quanto à forma linguística a ser utilizada (ainda que essa decisão possa não ter sido consciente).

Por outro lado, uma vez escolhida essa forma, sua presença no texto orienta a compreensão do interlocutor (isto é, sua apreensão do conteúdo). Nesse caso, "passei" terá de ser entendido com o sentido de "tive" e não com outros significados que esse verbo poderia admitir em contextos diferentes, a exemplo de "passei minha vida à toa", "passei a roupa toda"; "passei em frente à casa dela". É claro que, na maioria dos casos, o próprio contexto linguístico determina uma interpretação preferencial, que, quase sempre, é assumida automaticamente pelo leitor.

O uso da pontuação é outro aspecto que exemplifica a relação íntima que se estabelece entre forma e conteúdo. Ao escolher um sinal gráfico (um ponto final ou uma vírgula) e o lugar em que essa marca vai segmentar o texto, o autor está, na verdade, propondo e indicando uma forma de interpretação para o leitor – tanto é que diferentes pontuações podem produzir diferentes significados. Já a ausência de uma marca formal, na medida em que não fornece ao leitor uma pista necessária, pode acarretar uma dificuldade para o trabalho de compreensão do conteúdo, porque, na falta de indicação do autor, ou o leitor se apoia em elementos do contexto ou vê-se obrigado a testar algumas possibilidades de segmentação, que podem ou não corresponder à intenção de quem escreveu. Na redação 3, por exemplo, o autor não sinalizou a pontuação entre os períodos do primeiro parágrafo e, com isso, transferiu para o leitor a tarefa de segmentar as frases. Nesse caso, em função de outros elementos do contexto, como a proposta de redação e a própria continuação do texto, é fácil resgatar a segmentação pretendida: "Eu passei muitas dificuldades para chegar na 5ª série. Eu vivia chorando porque não dava conta das tarefas". Mas, para ilustrar a ideia de que a pontuação é um sinalizador importante da relação forma-conteúdo, poderíamos apontar outras possibilidades de segmentar as unidades sintáticas desse parágrafo:

a) Eu passei muitas dificuldades. Para chegar na 5ª série eu vivia chorando porque não dava conta das tarefas.

b) Eu passei muitas dificuldades para chegar. Na 5ª série eu vivia chorando porque não dava conta das tarefas.

Em suma, o uso da primeira pessoa, a escolha do verbo "passei", a pontuação, assim como todas as outras opções sintáticas e de vocabulário, são formas linguísticas com as quais o autor traduz e veicula suas ideias.

Por isso podemos afirmar que o texto não é um baú (a forma linguística) que contém o tesouro (o conteúdo), bastando ao leitor ter a chave (o domínio da língua) para abri-lo. O sentido de um texto depende dos recursos expressivos utilizados pelo autor (as pistas formais), mas depende também do trabalho do leitor. Na interlocução mediada por um texto escrito, o bom funcionamento ocorre quando, para o leitor, existe a possibilidade de produzir sentido. No entanto, é difícil para o produtor decidir o que dizer e o que é relevante, porque nem sempre se tem sob controle o que interessa ao seu interlocutor. Em alguns casos, aliás, pode ser que esse interlocutor nem esteja suficientemente definido, o que constitui um problema a ser solucionado.

Uma das maiores fragilidades do trabalho com a escrita de textos na escola tem sido justificada pelo argumento de que é necessário aprender gramática para escrever melhor. Talvez a maior dificuldade para o aluno em relação às regras e as concepções escolares de texto seja o fato de que elas não correspondem às suas intuições e aos seus conhecimentos sobre o uso social da escrita. Enquanto na interação social extraescolar as formas linguísticas estão a serviço do sentido (isto é, o conteúdo e a função comunicativa), na escola elas têm a função de reproduzir a aula de gramática, as convenções, os preconceitos. Essa tendência costumava se manifestar já nos primeiros anos escolares, quando se alfabetizava através dos pseudotextos da cartilha, que se preocupavam com elementos gramaticais (o fonema, a sílaba) e não com o sentido. Tudo isso entra em conflito com os conhecimentos e as intuições dos alunos sobre as funções e os modelos sociais de escrita (os gêneros), conhecimentos e intuições que poderiam ser produtivamente transferidos para o universo escolar.

Diante dessas questões é que vem sendo constituída, nos últimos anos, uma outra concepção de linguagem e de prática pedagógica, especialmente numa tentativa de interligar forma e conteúdo, sem os artificialismos que caracterizam as análises mais tradicionais.

Na avaliação das redações escolares, a visão tradicional tende a ressaltar apenas a correção dos aspectos linguísticos pertinentes à variedade linguística de prestígio – a chamada "língua padrão", como se a dimensão formal do texto existisse solta, desgarrada dos elementos discursivos e contextuais que a geraram. Tende a levar em conta questões relativas ao vocabulário, à ortografia, à pontuação e à paragrafação, à concordância, à estruturação sintática dos períodos, esquecendo-se de que esses aspectos estão no texto em função do conteúdo que o aluno quer expressar e da maneira como ele entendeu os objetivos que a sua escrita deve cumprir na situação comunicativa em que se insere.

Tomando, ainda, o texto 3 como referência, vemos que a forma dada à redação não permite ao leitor o acesso a um conteúdo coerente com a proposta textual. No primeiro parágrafo, por exemplo, o autor não diz ao leitor quais foram as dificuldades enfrentadas, quais eram as tarefas escolares de que ele "não dava conta"; no segundo, não esclarece o que foi que "o estado (mandou? fez?) para nós", nem como as dificuldades foram resolvidas. Também se percebe uma lacuna na interligação dos dois parágrafos, que parecem sugerir sentidos opostos. A informação "*adorei* o que o estado (mandou) para nós" contradiz as expectativas quanto ao sofrimento do autor, criadas a partir das expressões "passei muitas *dificuldades*" e "eu vivia *chorando*". Outro problema desse tipo é encontrado no final do texto, quando o autor passa rapidamente do tema "minha apreciação sobre o Estado" para o tema "resolução das dificuldades", e daí para a sugestão às professoras quanto a mudanças no conteúdo de uma disciplina, sem sinalizar para o leitor que relação pode existir entre essas informações.

Esse aparente desencontro entre a forma efetivamente escrita e o conteúdo que o autor deve ter pretendido veicular se explica se considerarmos que sua redação deve ter sido formulada como resposta direta às perguntas que aparecem na proposta. Assim, é possível recompor um diálogo que dá sentido ao texto:

- *– Quais foram as dificuldades que você enfrentou? Como você as resolveu?*

  – As dificuldades que eu tive eu fui resolvendo com muita atenção.

- *– O que poderia ser feito para que a passagem da 4ª para a 5ª série fosse menos difícil?*

  – As professoras poderiam ter tirado as contas os problemas.

É importante ressaltar aqui que a questão da forma (que expressa o conteúdo e orienta a interpretação) não envolve somente a correção gramatical. No caso acima, por exemplo, a pontuação correta não seria suficiente para sinalizar a ligação semântica entre os dois períodos:

"As dificuldades que eu tive, eu fui resolvendo com muita atenção. As professoras poderiam ter tirado as contas, os problemas."

Na verdade, a ligação entre esses dois períodos depende de uma vinculação direta do texto à proposta a que ele responde. Provavelmente o aluno concebeu sua redação como inserida num jogo de pergunta e resposta – alguém lhe fez perguntas e ele tratou de respondê-las. Esse jogo acontece na escrita, por exemplo, quando respondemos a um questionário. No entanto, as respostas só são compreendidas adequadamente quando o leitor tem acesso direto às perguntas; se ele não se lembrar delas, terá dificuldade em atribuir significado às respostas. No caso da redação 3, certamente o autor esperava que, quando seu texto fosse lido, o interlocutor tivesse na memória todas as questões da proposta, de modo que facilmente recuperaria a situação de produção e, assim, faria as ligações que não foram explicitadas e supriria as lacunas deixadas na redação. O autor acaba, pois, utilizando uma estratégia que não funciona bem para o gênero de texto que deveria escrever, porque, mesmo que o leitor tenha conhecimento da proposta, dificilmente se lembraria de seus detalhes (a forma exata das perguntas e a ordem em que elas aparecem). O mais adequado seria que o aluno compusesse sua redação sem perder de vista a proposta, mas, ao mesmo tempo, dando-lhe uma forma mais autônoma, de modo que a compreensão não ficasse condicionada a uma comparação detalhada entre o texto e as perguntas da proposta.

Essa reflexão retoma nossa afirmação anterior de que a relação entre forma e conteúdo não funciona "desgarrada" dos elementos contextuais que condicionam a produção do texto. Na hora de escrever, o autor precisa ter em mente as circunstâncias em que seu texto será lido, para, assim, deixar no papel marcas formais que permitam ao leitor ter acesso ao conteúdo. Na hora de ler, o interlocutor, por sua vez, deve considerar as condições em que o texto foi escrito, trabalhando num processo de cooperação com o autor.

No entanto, na escola, com muita frequência, não se leva em conta que o sentido de um texto depende da inter-relação entre forma, conteúdo e contexto. No ensino, a forma linguística é tratada como se fosse suficiente por si mesma, o que explicaria uma avaliação baseada exclusivamente em critérios gramaticais. Por exemplo, tendo-se ensinado as regras de ortografia e pontuação, se descontariam pontos do autor da redação 3 por ter errado na grafia em "tificuldades" e por não ter pontuado adequadamente suas frases. Limitando-se a esse procedimento, a avaliação não perceberia os principais problemas desse texto nem sinalizaria para o aluno as razões da inadequação de sua redação, criando nele a falsa ideia de que a correção ortográfica e a presença de pontos e vírgulas seriam suficientes para garantir a eficiência comunicativa de sua escrita. Além disso, esse procedimento de correção desconsideraria o trabalho textual do aluno, ignorando suas intenções comunicativas e as opções linguísticas com que procurou expressar seu pensamento. Esse tipo de avaliação perde a dimensão comunicativa do texto e, assim, não auxilia o aprendiz a perceber e a dominar os processos de interligação entre forma, conteúdo e contexto dos diversos gêneros escritos.

A relação entre oralidade e escrita

A modalidade oral e a modalidade escrita da língua não são dois blocos monolíticos que se opõem um ao outro. Ao contrário, ambas se prestam a uma grande diversidade de situações comunicativas, na convivência cotidiana na família e entre amigos ou em instâncias públicas da vida social; em circunstâncias coloquiais ou em circunstâncias formais. Assim, uma e outra abrangem grande variedade de gêneros, adequados a diversos propósitos e situações. Há gêneros orais de diferentes graus de formalidade, que requerem diferentes graus de elaboração da linguagem: o bate-papo na hora do recreio, o diálogo médico-paciente durante uma consulta médica, o sermão na igreja, a palestra diante de uma plateia desconhecida, o depoimento de uma testemunha diante da autoridade policial ou judicial. O mesmo ocorre com a escrita: há gêneros informais, que pedem uma linguagem descontraída e espontânea, como o bilhete, a conversa *on-line* via Internet, a anedota, o causo, a crônica esportiva, entre outros; mas há também gêneros formais, como a resposta a uma questão de prova, o trabalho escolar, a notícia política, o verbete de enciclopédia (impressa ou na Internet), a unidade de livro didático, o artigo científico e muitos outros.

Uma das grandes metas do ensino de Língua Portuguesa deve ser ampliar a competência comunicativa do aluno, buscando levá-lo ao domínio de gêneros orais e escritos que se distanciam da fala cotidiana e demandam cuidado deliberado com a organização textual e a elaboração da linguagem. Essa é uma longa trajetória, na qual não será produtivo nem tentar moldar a variedade coloquial da fala do aluno conforme a variedade escrita esperada em instâncias públicas e formais nem permitir que ele considere toda escrita como mera transcrição de sua fala. O importante é o aluno reconhecer a existência de padrões textuais mais ou menos rígidos, mais ou menos estáveis, que são considerados adequados para as diferentes situações da vida social (os gêneros textuais), e ir dominando gradativamente as especificidades de uma gama deles – aqueles que serão úteis e necessários à sua participação na sociedade.

A prática de ensino de Língua Portuguesa que se orienta por uma concepção tradicional tende a ignorar o conhecimento linguístico do aluno anterior à escola, especialmente o fato de que ele domina, pelo menos, a variedade falada coloquial de sua família e de sua comunidade, sabendo, portanto, produzir e interpretar textos de gêneros orais informais. No entanto, para cumprir com sucesso seu objetivo de propiciar ao aprendiz o domínio da modalidade escrita, sobretudo da escrita usada em situações públicas e formais, a escola precisaria levar em conta esse conhecimento prévio do aluno.

Reconhecendo-se o saber linguístico do aluno, é possível mostrar a ele que determinados recursos e estratégias funcionam adequadamente na fala cotidiana, mas podem prejudicar a aceitação tanto de textos orais proferidos em circunstâncias formais quanto de escritos destinados a leitores com quem não se tem familiaridade.

Um dos primeiros passos da trajetória rumo aos gêneros escritos públicos e formais é aprender a usar a escrita para cumprir uma das suas funções básicas: a interação a distância, entre interlocutores que não estão um diante do outro. Entretanto, a tendência inicial do aprendiz é, apoiado no conhecimento dos gêneros orais cotidianos, escrever como se imaginasse um leitor presente e compartilhando determinado contexto de comunicação face a face. É penoso para o aluno desvencilhar-se do modo espontâneo de produção da conversa descontraída de todo dia para passar a operar com o modo de produção dos gêneros escritos destinados a interlocutores ausentes e pouco conhecidos, o que exige abstração do contexto imediato e um trabalho consciente e deliberado de elaboração do texto.

Foi o que vimos na análise da redação 3. Tudo indica que o aluno não se deu conta da necessidade de explicitar ou, pelo menos, indiciar, em seu texto, as perguntas da proposta porque as tomou como conhecimento partilhado e presente na atenção do leitor no momento da leitura. Teve uma atitude semelhante à que se tem normalmente na comunicação oral presencial e distensa, "sem cerimônia", quando os interlocutores estão diante um do outro e veem, ouvem, "cheiram" o que acontece no ambiente em volta e, por isso, não é preciso incluir essas informações no texto que se produz. Assim se explica por que seu trabalho de escrita se limitou a responder às perguntas sem contextualizá-las adequadamente, apenas justapondo as respostas ou interligando-as com "e", sem sequer sinalizar, pela pontuação, a delimitação das informações dentro de cada parágrafo.

A justaposição e o conectivo "e" são recursos comumente usados na linguagem falada informal, em que não se faz necessário explicitar as relações entre as informações, porque se pode contar, além do contexto partilhado, com a ajuda de entonação, gestos, expressão facial, etc. Esse modo de inter-relacionar as ideias, no entanto, nem sempre funciona bem em inúmeros gêneros escritos, nos quais muitas vezes é preciso expressar, por conectivos, palavras articuladoras, ou mesmo por explicações, as relações entre uma e outra informação, porque elas nem sempre são óbvias e o leitor pode não "adivinhar" a articulação pensada pelo autor, ou pode pensar noutra articulação possível.

Ainda na redação 3, a ausência de pontuação pode estar relacionada com uma hipótese do aprendiz de que, para estabelecer sentido num texto escrito, basta dispor as palavras na mesma sequência que elas teriam na fala. Essa hipótese pressupõe que qualquer leitor recupera, automaticamente, a entonação e o ritmo pretendidos e, assim, entende o todo do texto. Isso não é verdade. É difícil para o leitor "adivinhar" como seria a fala original de quem escreveu. Por isso é que a pontuação é um dos recursos de que se vale a escrita para sinalizar ao leitor a delimitação entre as unidades sintáticas e orientar a construção de relações de significados.

Vale insistir, mais uma vez, que não é apenas com a correção do uso desses recursos que a redação 3 se tornaria mais inteligível. O problema é que, além de não explicitar as inter-relações entre as ideias que apresentou, o texto, de fato, deixou de fornecer algumas informações que seriam úteis para que o leitor pudesse, mais facilmente, compreender a lógica de sua organização e considerar consistente a argumentação construída. Ainda que seja possível ao leitor compreender a redação quando a relaciona com as perguntas da proposta, verificamos que ela não cumpriu alguns requisitos típicos do uso da escrita formal, que fazem parte das expectativas do leitor e das convenções próprias àquela situação de comunicação.

Em suma, o autor da redação 3 parece não ter se dado conta de que, naquela situação de escrita (redigir um texto, a partir de uma proposta constante de uma prova do Programa de Avaliação da Escola Pública da SEE-MG), seria necessário apresentar mais indicadores – recursos linguísticos, paragrafação, pontuação – para facilitar o acesso do leitor ao conteúdo.

Poderíamos perguntar, então, que informações e que indicadores seriam necessários para um uso adequado da escrita nessas condições de interlocução. O texto 4, transcrito a seguir, apresenta soluções que o tornam mais próximo das expectativas de contextualização que orientam a circulação social da escrita pública e formal.

Redação 4

Como foi 1993

1993 foi um ano muito diferente para mim sim, tive bons professores e notas boas, principalmente em português, que ano passado eu era péssimo.

Enfrentei muitas dificuldades também, quando aprendi verbos. Eu misturava tudo, presente com pretérito, etc mas agora já sei tudo, só misturo um ou outro de vez em quando. Em História também para decorar as datas era um custo, embolava tudo.

Eu as resolvi estudando bastante e esforçando, porque se eu não me esforçasse tomaria uma bomba feia

Para que a passagem da 4ª para a 5ª série fosse menos difícil eu teria que estudar muito, principalmente os fatos, que era uma dificuldade para aprender, eu as vezes pegava e estudava 2, 3 horas por dia. Mas também ter muito capricho com os cadernos, não faltar as aulas e nem ficar fazendo bagunça na sala de aula, assim seria bem mais fácil sair da 4ª série e ir para a 5ª série, tirando boas notas e passando de ano.

Na redação 4, a contextualização se faz na medida em que os tópicos da proposta são retomados ("1993 foi um ano", "enfrentei muitas dificuldades", "eu as resolvi", "para que a passagem da 4ª para a 5ª série") e desenvolvidos com o acréscimo de informações novas ("tive bons professores", "quando aprendi verbos [...] eu misturava tudo", "eu teria que estudar muito [...] não faltar as aulas"). Por isso, essa redação facilita um pouco mais a compreensão do leitor, uma vez que as informações que apresenta são contextualizadas no corpo do texto e a tornam mais próxima da organização esperada na escrita dirigida a leitores que não compartilham com o autor os elementos integrantes da situação de produção.

Entretanto, essa redação não se mostra imune às influências do uso coloquial, como se vê pelo emprego de palavras e expressões como: "Eu *misturava* tudo", "era *um custo*", "*embolava* tudo", "tomaria *uma bomba feia*", "eu as vezes *pegava* e estudava".

Outro exemplo é a estruturação da oração relativa iniciada pelo pronome "que" sem a preposição "em" ("tive bons professores e notas boas, principalmente em português, *que ano passado eu era péssimo*"). A forma mais de acordo com a variedade linguística de prestígio seria "[...] português, em que eu era péssimo no ano passado", ou "[...] português, matéria na qual eu era péssimo no ano passado". A construção usada pelo aluno é muito comum na fala cotidiana até de pessoas com alto grau de letramento, isto é, pessoas que mantêm contato constante com a escrita, lendo e redigindo com frequência. Assim, a estrutura abonada pela gramática normativa da chamada "língua padrão" é, certamente, de difícil apreensão para o aprendiz iniciante, mas é um dos traços da escrita formal que ele deverá aprender ao longo de sua trajetória escolar. No entanto, é preciso reconhecer que as formas linguísticas escolhidas pelo aluno imprimem à redação um tom de informalidade e espontaneidade estilisticamente compatível com o uso da escrita que ele quis fazer. São escolhas que dão ao texto o tom de autenticidade próprio de quem entrou de fato no jogo da interlocução.

Uma marca interessante da disposição do aluno de entrar no jogo interlocutivo é a palavra "sim", que aparece logo na primeira linha ("1993 foi um ano muito diferente para mim sim"). Esse recurso, usual em interações orais presenciais, revela que o autor se comporta como alguém interessado em responder ao que lhe foi perguntado, na medida em que retoma e confirma a afirmação inicial da proposta. O recurso coesivo "também", no começo do segundo parágrafo, é outro indicador da disposição do aluno de participar da interação a que foi convidado: esse recurso remete não a informações explicitadas no parágrafo anterior, mas sim aos itens da proposta. A ideia de "dificuldades" está aparecendo pela primeira vez na redação, logo, não poderia estar marcada por um "também". Esse elemento retoma a situação de produção; é como se o aluno dissesse a seu interlocutor, aquele que lhe apresentou a proposta de redação: "*Sim*, é verdade que 1993 foi um ano diferente para mim, e é verdade *também* que eu enfrentei dificuldades".

Com suas marcas de coloquialidade e com os indicadores de que o autor lida com a proposta de redação como quem participa de um diálogo oral, o texto 4 não atende às expectativas sociais concernentes a uma situação formal e pública, como a que se configura na avaliação oficial da rede escolar pela SEE-MG. No entanto, por outro lado, como o texto apresenta informações que permitem ao leitor perceber do que o aluno está falando, podemos considerar que ele satisfaz razoavelmente uma das necessidades fundamentais das interlocuções mediadas pela escrita.

Entretanto, reconhecemos nesse texto alguns problemas que precisam ser apontados e avaliados. Por exemplo, o último parágrafo se acha meio desarticulado em relação aos outros. O tópico "passagem da 4ª para a 5ª série" se apresenta na forma de uma das três perguntas-roteiro da segunda parte da proposta e, por isso, foi incluído no final do texto. Parece que o aluno, compondo seu texto a partir das perguntas-roteiro da proposta sentiu-se obrigado a incluir um parágrafo sobre a última pergunta. Além disso, parece que ele compreendeu essa questão não como referente a sugestões que daria para a escola, mas sim como referente a uma espécie de análise que deveria fazer a respeito de seu próprio procedimento escolar. Entendemos que foi em função desses dois pontos que o redator iniciou o último parágrafo do seu texto retomando parte da pergunta da proposta ("para que a passagem da 4ª para a 5ª série fosse menos difícil") e, em seguida, apresentou uma enumeração de atitudes que ele deveria ter tomado ("eu teria que estudar muito", "mas também ter muito capricho [...] não faltar as aulas e nem ficar fazendo bagunça"). Essa enumeração se abre por uma locução verbal ("teria que estudar") que indica, justamente, seu entendimento sobre as sugestões da passagem da 4ª para a 5ª série: uma ação que deveria ter sido feita e não foi. No entanto, a sequência das frases enumerativas não tem a organização mais esperada quando se trata de escrita formal nem corresponde inteiramente à variedade linguística de prestígio, normalmente usada em textos escritos de circulação pública. Tentemos explicar isso.

Baseado em seu conhecimento dos gêneros orais do cotidiano, o redator não se atina com a conveniência de explicitar, para o interlocutor distante e desconhecido, a inter-relação entre os elementos de seu raciocínio. Assim, é preciso agir como leitor cooperativo, que acredita na intenção de todo escritor de produzir um texto coerente, para perceber uma relação de concessão apenas sugerida, insuficientemente marcada: "eu teria que estudar muito, principalmente os fatos, que era uma dificuldade para aprender, *mesmo quando* eu, as vezes, pegava e estudava 2 a 3 horas por dia". Se o leitor não se dispuser a esse trabalho interpretativo, depara-se com uma incoerência: o aluno afirma que "teria que estudar" e depois se contradiz, afirmando ter estudado ("pegava e estudava").

Outro problema que pode ser atribuído ao emprego, numa escrita pública, de recursos usuais na fala coloquial é uma certa desarticulação entre os itens da enumeração. O aluno se preocupa em exemplificar e justificar o primeiro item da lista de atitudes que deveria ter tomado ("eu teria que estudar muito, principalmente os fatos, que era uma dificuldade para aprender"), buscando, ao mesmo tempo, se isentar de culpa ("eu as vezes pegava e estudava"). Com isso, interrompe a enumeração que tinha iniciado e, como se tivesse perdido o fio da meada, coloca um ponto final antes de terminá-la. Ao retomá-la, em seguida, não faz uso de qualquer recurso que pudesse "costurar" as duas pontas de seu raciocínio, como é costume fazer em textos escritos de certa formalidade. Poderia, por exemplo, ter usado algo como: "Mas também *seria necessário* ter muito capricho" [...].

A interferência da fala informal numa escrita produzida em instância pública de uso da língua e que deveria apresentar certo grau de elaboração foi identificada principalmente nas redações de 5ª série. Podemos interpretá-la como resultado do tipo de contato que o aprendiz mantém com o texto escrito, na sua história escolar e social. A apropriação de um padrão de escrita formal exige tempo, e, naturalmente, os textos de alunos do Ensino Fundamental terão maior proximidade com os gêneros orais do cotidiano, terão um estilo ou um "jeito" diferente dos textos produzidos por adultos letrados em situações públicas e formais. Isso explica as eventuais dificuldades dos leitores diante de alguns textos de aprendizes iniciantes, cuja estruturação obriga a processar com os olhos, na leitura, sequências que são normalmente processadas pelos ouvidos, na conversação, com o auxílio de recursos prosódicos como a entonação, o ritmo, o alongamento de vogais, a pronúncia enfática de consoantes, etc.

Portanto, ler o texto do aluno na trilha da oralidade coloquial é, muitas vezes, o que permite entender o seu sentido, a sua lógica. Essa atitude é fundamental para o professor encontrar elementos que ajudem o aprendiz a perceber as diferentes formas e funções requisitadas pelos variados usos da linguagem – oral ou escrita.

O conhecimento e as habilidades necessárias para a produção escrita formal são adquiridos progressivamente e, por isso, exigem tempo e planejamento sistemático por parte da escola. Quando se tem uma expectativa adequada acerca do que realmente pode ser o texto de um aluno em determinado momento de sua escolarização e de sua vida social, ficam facilitadas as tarefas de planejar atividades e de definir critérios para a avaliação do texto escrito. Um dos caminhos para o professor alcançar uma melhor compreensão da trajetória de seus alunos pode ser observar atentamente a escrita dos aprendizes, que, quase sempre, traz marcas reveladoras de como eles entenderam a tarefa que lhes foi proposta, da imagem que eles fazem de seu leitor, dos efeitos que pretendem provocar com seu texto e, também, de sua concepção de texto escrito, tanto em relação à estruturação morfossintática dos períodos e dos parágrafos como em relação à organização das informações.

Em outros termos, os recursos usados no texto escrito resultam do *processamento* de elementos que, naquele momento específico de produção, orientaram quanto ao gênero a ser usado e influíram na elaboração do produto (texto), determinando tanto o seu objetivo (*para quê*) e o seu assunto (*o que dizer*) quanto a sua forma linguística (*como dizer*). Perceber essas marcas de uma perspectiva pedagógica é adquirir um conhecimento, pelo menos parcial, do que o aluno já sabe e do que ainda não sabe em relação às exigências da escrita, numa determinada situação. De uma perspectiva metodológica, obviamente, esse discernimento vai clarear objetivos para um ensino mais eficaz.

Todas essas afirmações reforçam a ideia de que é preciso ler com outros olhos as redações dos alunos, buscando o entendimento dos processos envolvidos na organização de um texto escrito. Dentre esses processos, estão a história de vida e a visão de mundo do aluno, o modo pessoal deste de se relacionar com a escrita, a escola e a tarefa particular que lhe foi demandada. Ler com outros olhos significa atentar para essas questões e abrir espaço para a relação intersubjetiva que deve se instaurar na interação mediada pela escrita. É disso que trataremos no capítulo a seguir.

Capítulo 3
A subjetividade na interação autor/texto/leitor

O que é subjetividade?

Neste capítulo, vamos discutir questões relativas à subjetividade nos processos de produção e de avaliação de textos escolares. Nosso objetivo é, a partir da análise de casos particulares, delinear algumas possibilidades de escolha diante das quais se encontram os sujeitos (autor e leitor) envolvidos na interação linguística mediada pelo texto escrito, na escola.

É importante esclarecer o sentido com que empregamos a palavra "subjetividade".

Queremos distingui-la da noção corrente de "criatividade", que parece ter, no universo escolar, duas acepções contraditórias: por um lado, é considerada criativa, "bonita" a redação que reproduz formas e conceitos previsíveis – clichês consagrados pela ideologia dominante; por outro lado, é também tida como criativa a redação diferente do "lugar-comum", diferente do discurso esperado, principalmente quando o autor recorre a elementos formais inusitados, que provoquem, por exemplo, o humor ou que de alguma forma seduzam o leitor.

Para nós, a subjetividade é um elemento inerente às atividades linguísticas de falar, ouvir, ler e escrever. Está sempre presente, embora limitada por condicionantes linguísticos e sociais, e responde pelas opções, mesmo que não conscientes, feitas no momento da produção e da adoção de estratégias no momento da leitura. Podemos, afinal, identificá-la com o trabalho linguístico, indispensável, que todo autor e todo leitor têm de realizar no processamento do texto. Essa atividade é subjetiva porque contém as marcas da história de vida, dos gostos pessoais e das representações de cada sujeito sobre a situação de interlocução.

Subjetividade e escrita na escola

Muitos professores sentem-se incomodados na posição de avaliadores dos textos dos alunos, por saberem que qualquer leitura ou avaliação estará marcada pela subjetividade ou por decisões pessoais. Essa preocupação parece legítima, já que o lugar de poder que o professor ocupa poderá, em alguns momentos, inibir os trabalhos linguístico e cognitivo do aluno.

Por outro lado, ao ler o texto de um aluno, os professores muitas vezes ficam em dúvida sobre como avaliá-lo de modo a contribuir com seu autor no que se refere ao aprendizado da escrita. Alguns professores optam por fazer uma leitura detalhada, assinalando os erros (de ortografia, de pontuação, de estruturas sintáticas...) para que o aluno não erre mais. Outros acreditam que bastaria uma leitura globalizante para captar o sentido geral do texto e valorizar o que o aluno tem a dizer. Esses dois procedimentos revelam duas estratégias distintas de avaliação. A primeira defende a interferência do professor nos aspectos formais do texto. A segunda ressalta o "respeito" à produção do aluno, entendendo que corrigir ou apontar os erros significaria uma interferência prejudicial do professor ao desenvolvimento comunicativo do aprendiz.

Sabemos que esses dois comportamentos diante do texto são resultados de orientações historicamente divergentes e que, em determinados momentos, foram tomadas como excludentes. Por exemplo, houve um momento em que todos nós (professores, pesquisadores, especialistas) denunciamos com vigor a primeira atitude. A correção ou marcação dos erros, especialmente se feita com uma caneta vermelha, simbolizava o silenciamento do aluno e a sua reprovação ou exclusão da escola. Isso porque a avaliação significava, nessa perspectiva, um diagnóstico terminal e categórico: ou o aluno sabe ou não sabe. Depois de avaliado, não haveria muito o que fazer, como se já tivesse sido dada a ele a chance de aprender. A segunda vertente surgiu, pois, como uma alternativa a essa primeira. Seria preciso, segundo a teoria subjacente à segunda tendência, resgatar o elemento principal do texto – o seu sentido; logo, seria preciso também considerar que o aluno tem o que dizer (e o professor tem o que "ouvir") e o texto não se reduz a uma forma gramatical.

Não podemos esquecer que estamos tratando aqui do lugar do professor e do aluno na produção escrita. Da mesma forma que o professor vive essa dificuldade de escolher entre uma e outra postura, também o aluno a reproduz. E é bem provável que ele aprenda a escolher entre uma e outra. Por exemplo, um aluno que sempre recebe de volta suas redações apenas com os erros gramaticais marcados, certamente vai se preocupar com um maior aprimoramento formal, enquanto que outro aluno que recebe comentários sobre o conteúdo irá se preocupar com o sentido de seus textos.

Mas, diante do pressuposto, já delineado anteriormente, de que o texto é, ao mesmo tempo, forma e conteúdo, qual das duas opções seria mais adequada: a do professor e do aluno que veem o texto como o lugar para demonstrar apenas o conhecimento das regras gramaticais ou a daqueles que buscam na redação um espaço para o sentido? O que podemos antecipar é que consideramos insatisfatória qualquer uma dessas posições – os conhecimentos e a voz do aluno se revelam naquilo que tem a dizer e na forma como o diz. É nessa direção que gostaríamos de passar a argumentar.

Quem escreve, escreve para algum leitor: a intersubjetividade na escrita

Na interação pela escrita, o texto é o espaço em que sujeitos, distanciados um do outro, podem marcar sua presença.

No trabalho de escrita, o autor combina o seu conhecimento de mundo, suas crenças e seus pontos de vista com os conhecimentos linguísticos e textuais construídos na escola ou fora dela para expressar aquilo que deseja. Além disso, leva em conta seus próprios objetivos e as expectativas que imagina que o leitor tenha para definir o conteúdo (*o quê*) e a forma de enunciar (*como*), organizar e articular as ideias, de modo a causar o efeito pretendido (*para quê*) sobre o seu interlocutor (*quem*), numa determinada situação (*onde, quando*), que requer uso de determinado gênero textual. É a partir de seus conhecimentos prévios – do mundo e da língua – que o autor vai estruturar a argumentação que ele julga suficiente e consistente para ter êxito na defesa das posições que lhe interessam, nas circunstâncias em que se encontra.

Poderíamos dizer: "mas isso é muito complicado para um aprendiz ou para quem ainda não domina plenamente a escrita". Acontece, porém, que essa competência comunicativa é aprendida também, e principalmente, de forma intuitiva, na prática social de convívio com a linguagem. Quanto mais se vive no mundo da linguagem, mais essa capacidade se amplia e se modifica. Mesmo que o aluno não tenha consciência, nos momentos em que fala ou escreve, ele faz escolhas e toma decisões (cujas possibilidades são condicionadas por processos históricos e sociais que envolvem a língua e as instituições), em função do seu envolvimento na situação comunicativa.

Por outro lado, para que o texto cumpra alguma função ou objetivo, ele precisa contar com um trabalho do leitor. É também baseado nos seus conhecimentos prévios (linguísticos, textuais e de mundo), bem como nas suas expectativas, em seus objetivos e interesses, que esse sujeito – o leitor – se põe ante o texto para cooperar com as pistas encontradas, atribuindo-lhes sentido.

Na interface do trabalho de construção de sentido empreendido por autor e leitor, o texto será avaliado, nos diversos graus de adequação, e considerado satisfatório, interessante, relevante, consistente, ou não. Podemos falar, portanto, da subjetividade tanto no processo de escrita quanto no processo de leitura do texto, já que são atividades em que se faz necessária a presença de sujeitos que precisam tomar algumas decisões em função de seus objetivos.

O que nos interessa são as diversas formas através das quais essa presença se manifesta: desde o primeiro momento em que o aluno se vê diante de uma situação de escrita até o último ponto que fecha o seu texto, ele se vê obrigado a tomar decisões referentes a questões gerais (interpretar as circunstâncias daquela interlocução e os objetivos que pretende alcançar, definir o gênero de texto adequado) e a aspectos mais pontuais de estruturação do texto (colocar título, ou não, começar com "era uma vez", ou não, usar o presente ou o pretérito, fazer frases curtas ou longas, empregar conjunções, ou não, etc.).

Considerando a subjetividade como uma via de mão dupla – do autor para o leitor e do leitor para o autor –, vamos tratar, primeiro, da subjetividade envolvida na produção do texto e, em seguida, da subjetividade envolvida no processo de leitura.

Proposta de redação: orientação ou camisa de força? O texto como resultado das imagens produzidas pelo autor

Tomamos como pressuposto que o aluno é sujeito – e, como qualquer outro, limitado, é claro, por condicionantes históricos, culturais e ideológicos – e que o que ele escreve são textos com os quais se pretende cumprir algum papel interativo.

Em casos como o do Programa de Avaliação da SEE-MG, que constituiu uma situação formal de uso da escrita na qual os textos produzidos deveriam responder a uma proposta inserida em uma prova de Língua Portuguesa, a subjetividade, condicionada pelas circunstâncias especiais dessa interlocução, se manifesta já na própria interpretação que o aluno faz das possíveis expectativas de quem propôs a redação e de quem deverá ler o texto para avaliá-la.

Em geral, o ato de produzir um texto decorre em grande medida de um ato de interpretação de uma proposta. Num diálogo oral, num artigo científico, num texto de opinião, numa prova, o autor está atendendo a uma demanda ou a uma expectativa inerente à situação de comunicação. Uma tarefa escolar de escrita é diferente de outras demandas comunicativas na medida em que tende a ser artificial, não responde a necessidades espontâneas dos sujeitos e, ainda, inclui entre seus objetivos a própria aprendizagem ou avaliação da escrita. Tem, portanto, perfil, função e regras especiais de funcionamento.

Ao se situar em relação à demanda da SEE-MG, os alunos poderiam combinar movimentos de aceitação e de rompimento, que determinam diversas possibilidades de realização textual, como tentaremos expor a seguir.

Alunos-autores da 5ª série do Ensino Fundamental

O primeiro grupo de redações analisadas neste item se compõe de textos produzidos pela 5ª série diurna, a partir da mesma proposta que suscitou a produção dos textos 1, 2, 3 e 4 examinados anteriormente. Essa proposta (ver Anexo 1) afirmava que o ano de 1993 tinha sido um ano "muito diferente" e pressupunha que o aluno tivesse encontrado problemas, na passagem da 4ª para a 5ª série, perguntando-lhe quais teriam sido as dificuldades, em função de ter deparado com "muitos professores", "várias matérias", "muita cobrança", "novo ambiente", "novos amigos".

Muitos alunos consideraram essa proposta como um roteiro a ser seguido. Houve mesmo aqueles que, de certa forma, copiaram-na, como que para cumpri-la completamente, mesmo que o sentido ficasse comprometido. Os fragmentos de redações, a seguir, exemplificam a preocupação de alguns autores em incluir em seu texto todos os itens da proposta.

No primeiro (redação 5), a palavra "fevereiro" (que aparece no calendário da ilustração da proposta) foi articulada tenuemente com o texto em que se insere, apenas pela associação que se pode estabelecer com a expressão "da quarta para quinta".

Redação 5 (fragmento)

[...] da quarta para quinta, era um ambiente novo e cansativo para todos varias materia muita, coisa boa *Fevereiro muito alegre*.

Muinta cobrança, dos professores muita materia, muintos professores muinta mudança da quarta para quinta muitas dificuldades em materia, muintos problemas, difícil, mas sempre lutando para tudo melhorar novos amigos, muitos trabalho historia[...]

[Grifo nosso.]

No segundo (redação 6), o autor não conseguiu inserir, de forma pertinente, o item "novo ambiente", embora, parece-nos, o tenha considerado imprescindível para obedecer à proposta.

Redação 6 (fragmento)

[...] Na Pasagem da 4ª série Para 5ª foi muito dificil porque na 4ª série só tem um Professor(a) e na 5ª série tem varios(as) Professor(a) e várias matérias.

> *E um novo ambiente Permanecem em todos os alunos nesta escola maravilhosa.*
>
> *No começo de ano uns novos amigos que vem para essa escola* [...]
>
> [Grifo nosso.]

É possível que alguns professores adotem como critério, na avaliação de redações, o atendimento (ou não) pelo aluno a todos os itens propostos. Daí, se um dos fatores pelos quais o aluno se orienta é a imagem que ele tem quanto à expectativa do professor sobre seu texto, tornam-se compreensíveis atitudes como a dos autores das redações 5 e 6, de sacrificar o sentido do texto em função do cumprimento dessa obrigação.

Embora na mesma trilha, encontramos também textos cujos autores, respondendo à proposta, procuraram integrá-la em sua redação, cuidando para isso da coerência do conteúdo e da argumentatividade.

Aparecem nesse grupo desde textos que demonstraram mais aceitação do pressuposto de que aquele ano tinha sido diferente e difícil (redação 7) até aqueles que se opuseram a ele (redação 8):

Redação 7 (fragmento)

> *Foi um ano muito difícil* porque era pouca coiza que agente sabia.
>
> [Grifo nosso.]

Redação 8 (fragmento)

> *1993 não foi um ano muito diferente para mim não*, ele foi tão bom para todos nós [...]
>
> [...] 1993 *foi ano ótimo* para todos nós estudar [...]
>
> [Grifo nosso.]

Nem sempre, porém, as posições se colocam nesses extremos de aceitar ou não a proposta. Nesse primeiro grupo, houve textos que oscilaram entre o que a proposta sugeria e o que, de fato, os autores optaram por expressar. Vejamos, por exemplo, a redação 9:

Redação 9 (fragmento)

[...] As minhas dificuldades que eu já enfretei foi quando meus pais me puserão para estuda em 1993, que eu 'conheci muitas professoras boa legal, matérias ótimas varias Matérias português, Matemática, ciência, geografia, história, Literatura é também Religião que tém uma professora muito boa que ela é legal com todos nós.

é muitas cobrança foi quanto a professora pede cobrança te deve de casa.

eu sempre fáz meus deveres de casa, nenhuma professora regrama comigo[...]

Esse texto sugere ao leitor buscar a comprovação das dificuldades anunciadas pelo autor. Parece, no entanto, que a palavra "dificuldades" apareceu mais por causa da proposta do que pela intenção do aluno-autor de confirmar essa ideia, já que as" professoras eram boas, legais" e as "matérias" eram "ótimas". Depois de apresentar esses aspectos positivos de sua vida escolar, o aluno inclui no texto a palavra *cobranças* que, de certa maneira, cria expectativa no leitor quanto a possíveis problemas. Mais uma vez, contudo, o autor desfaz essa expectativa, afirmando, logo a seguir, que ele "sempre faz os deveres de casa", não havendo, consequentemente, "reclamação dos professores". Tudo indica que a 5ª série não foi difícil para o aluno, embora pareça não ter conseguido optar com firmeza pelo seu ponto de vista (que era o de quem não teve problemas), porque se viu fortemente influenciado pela análise do ano letivo estabelecida pela proposta.

Pelo que vimos até aqui, seria o aluno-autor prisioneiro de uma proposta previamente construída pelo professor? Outra vez temos de remeter nossa resposta à relação entre os interlocutores: as imagens que eles fazem um do outro e do texto que deve ser escrito, assim como os objetivos metodológicos ou educativos envolvidos na tarefa. É importante que, diante do texto do aluno, o professor se interrogue sobre que elementos têm origem na orientação fornecida ao aluno e qual a pertinência deles quanto à situação de interlocução escrita que essa orientação deveria propiciar. Nessas circunstâncias, entendemos que a atitude mais produtiva é se dispor à conversa e à negociação, procurando entender a situação e solucionar os problemas.

De maneira geral, podemos afirmar que o sujeito-aluno tende a silenciar-se, a ausentar-se de seu texto quando se sente constrangido a cumprir rigidamente uma proposta, sobretudo se ela se choca com suas expectativas e possibilidades de trabalho cognitivo e linguístico. Mas há também a reação oposta, assumida por aqueles que parecem desconsiderar completamente a proposta de escrita. Esses alunos podem estar se recusando a entrar no jogo interlocutivo e/ou se negando a cumprir determinadas tarefas que, em princípio, os levariam a ampliar sua competência comunicativa. É interessante, no entanto, perceber que num e noutro caso está presente o trabalho do aluno de construção de uma imagem de seu leitor para corresponder às expectativas dele ou para rejeitá-las. Esse trabalho é próprio da atividade comunicativa e resulta em parâmetros que vão orientar as decisões tomadas pelo autor, como já dissemos em outras passagens.

Devemos considerar, ainda, os casos de assimilação da imagem do leitor-avaliador pelo aluno-autor: muitos estudantes atenderam à proposta não só no tocante aos temas sugeridos pelos balões da ilustração e pelas perguntas, mas também no tocante aos valores ideológicos prezados e difundidos pela instituição escolar. Vejamos, como exemplo, a redação 10, cuja autora se desdobra em elogios aos professores, apontando-os como causa de sua felicidade:

Redação 10[1]

Muitos Professores

Sou feliz por estar aqui nesta escola Ipê Amarelo'. Porque conheci muitos professores como D. Lídia, D. Fernanda, D. Cecília e até mesmo o professor Wilson e o Marcelo e outros. Eu Andréa gostei muito de compartilhar com eles e até mesmo eu quero que eles nunca se esqueçam de mim e nem eu deles.

Quando eu vou pra minha casa, eu vou pensando; não vejo a hora de chegar a tarde para que eu possa ir para a escola

Eu gostei muito mesmo desses professores, adorei eles; eu acho que daqui pra frente não poderei mais esquecer eles.

Esses professores são como uma rosa, que nasceu, cresceu; e perfumou a minha mente e meu coração.

Feliz aqueles professores que são amigos e quero que um dia serei também, amigos deles e dos outros.

Fim

A aluna toma como tema um único item da ilustração da proposta ("Muitos Professores"), mas provavelmente considera necessário dar à sua redação um tamanho aceitável pela escola e, na tentativa de estender o conteúdo, acaba por comprometer a progressão do texto.

O empenho em atender ao padrão ideológico escolar pode ter implicações e significados contraditórios. Por um lado, pode constituir uma estratégia criativa e produtiva, através da qual o aluno-autor, percebendo que tipo de discurso ou de conteúdo vai agradar ao professor, consegue produzir o efeito desejado, principalmente se se trata de um efeito imediato, como alcançar uma boa nota. Por outro lado, pode acarretar prejuízos à qualidade do texto, tornando-o pouco informativo, previsível ou, como vimos, repetitivo e redundante.

A análise das redações da 5ª série nos permitiu constatar que é forte a tendência de escrever buscando corresponder à

---

[1] O texto faz referência a uma escola e a professores que preferimos omitir para evitar quaisquer julgamentos ou comentários posteriores. Portanto, as referências são fictícias.

expectativa idealizada do leitor escolar – aquele que sempre espera uma postura positiva, otimista e de acordo com os valores consagrados. Nossa hipótese é a de que a imposição de um ponto de vista retratado na proposta deve ter comprometido a força argumentativa dos textos que, em algumas situações, oscilavam entre concordar com o ponto de vista imposto e propor um outro.

No caso da redação 11, a seguir, o texto satisfaz a um propósito de, taxativamente, denunciar o desagrado em relação ao ano escolar.

Redação 11

Muitos Professores

Esse ano tivemos varios professores.
Cada um mais chato do que o outro
Não gostei desse ano.
Cada vez que me lembro desse ano me da dor de cabeça.
Agora estou indo para 6ª serie com serteza

A subjetividade manifesta-se, então, na apropriação do tema de um modo original revelado pelo uso de recursos expressivos necessários para consolidar esse ponto de vista. Em frases curtas e justapostas mantém-se o tom da apresentação de fatos sumários que, provavelmente, nem mereçam, para o autor, ser comprovados. A última frase sugere o alívio e a ênfase no que é mais importante: ir para a 6ª série. Aqui estamos reforçando a ideia de que conteúdo e forma estão tão intimamente ligados que a subjetividade, ou o trabalho pessoal do aluno, não pode ser avaliada somente quanto ao conteúdo nem apenas quanto à forma, mas na inter-relação desses dois componentes.

Ainda considerando o grupo de redações de 5ª série, encontramos também textos que se mostraram mais próximos do que se espera de um aluno dessa faixa escolar. Apresentamos, para exemplificar, a redação 12, em que destacamos algumas marcas do trabalho feito pelo autor.

Redação 12

Uma passagem rápida e difícil

O ano escolar de 1993 foi muito difícil, eu ainda não tinha acostumado com o entra e sai de professores de 50 em 50 minutos, e com sete matérias; foi muito difícil também na aprendisagem, por que as matérias são muito mais difíceis.

Mas mesmo assim encontrando muitas dificuldades, eu as resolvi estudando bastante e por isso consegui passar para a 6ª série

Para ter sido menos difícil a passagem da 4ª para a 5ª série, eu devia ter sido menos infantil no início do ano; porque é sempre difícil de acostumar de um passagem rápida e difícil como essa.

Mesmo assim superei tudo e aos poucos fui me acostumando com tudo.

Essa redação não fugiu à proposta, deixou apenas de tratar dos tópicos "novos amigos", "novo ambiente" e "muita cobrança". Sem grandes novidades, traz informações comuns ao universo escolar infantil. Tal característica, no entanto, vem contrabalançada por um trabalho subjetivo cujas marcas podem ser identificadas em algumas das opções linguísticas do autor: a) a escolha do adjetivo "rápida" no título; b) a tradução da ideia de diversidade e movimentação de professores através do substantivo composto "o entra e sai", determinado pela expressão temporal "de 50 em 50 minutos"; c) a articulação entre informações através dos conectivos adequados – *"mas, mesmo assim,* encontrando muitas dificuldades, eu as resolvi estudando bastante, *por isso* consegui passar para a 6ª série" (pontuação corrigida); d) o uso de tempos compostos, incomum nas outras redações ("Para *ter sido* [...], eu devia *ter sido* menos infantil no início ao ano"). No conjunto, essas escolhas deram à redação uma fluência que faz ressaltar a subjetividade de seu autor. O texto se destaca por sua força argumentativa; mostra-se como um produto escrito cujas informações se relacionam de maneira lógica, pertinente e convincente.

Particularidades dos textos de alunos do Ensino Médio

Neste segundo grupo de redações, veremos que, além do tipo de relação que o aluno estabelece com a proposta, a manifestação de subjetividade envolve, inevitavelmente, o tipo de conhecimento que o autor tem disponível para construir seu texto. Queremos destacar agora, para além do conhecimento prévio, a consciência do aluno quanto a seu lugar na interação e às possibilidades de jogar com esse seu lugar e o do leitor. Considerando que o posicionamento dos autores depende, certamente, de seu desenvolvimento cognitivo, seus conhecimentos prévios sobre o assunto e das posturas próprias à sua faixa etária, vamos observar como os alunos do 2º ano do Ensino Médio reagiram a uma das propostas de redação, que trazia uma marca ideológica nítida. Trata-se da proposta apresentada pela SEE-MG aos estudantes do turno diurno: sob uma Bandeira do Brasil, os conhecidos versos de Olavo Bilac – "Ama com fé e orgulho a terra em que nasceste" – e a seguir a pergunta: "O brasileiro é patriota?" (ver Anexo 4). Para alguns, essa proposta ocasionou a reprodução de um discurso de louvor ao patriotismo; para outros, provocou a contestação desses valores.

Podemos citar aqui alguns textos que anunciam a posição do autor já no próprio título, pela inversão ou pelo questionamento da proposta:

Redação 13: "Não dá para viver de ilusões"
Redação 14: "Como pode o brasileiro ser patriota?"
Redação 15: "O brasileiro deveria ser patriota?"

Os autores cujas redações trazem esses títulos marcam sua presença escolhendo, para compor os seus textos, elementos que possam acionar o conhecimento prévio do leitor. A redação 13 menciona algumas *ilusões* do brasileiro, a 14 toca na questão das diferenças socioeconômicas e a 15 revela uma atuação mais marcante do autor, apontando e discutindo alguns dos problemas nacionais:

Redação 13 (fragmento)

> [...] O brasileiro é patriota em certas ocasiões: na *copa do mundo*, quando o *Carnaval* sobre sai no exterior ou quando um brasileiro vence *Jogos Olimpicos*. [...]
>
> [Grifo nosso.]

Redação 14 (fragmento)

> [...] O sofrimento dessa população torna remoto o amor patriota frente a tanta desilusão com um governo tão negativo, tão vergonhoso. O povo sofre. Nossa gente está morrendo. *Como pode um povo ser patriota sabendo que seu minguado tostão está satisfazendo o bel prazer de uns poucos que concentram o muito?* [...]
>
> [Grifo nosso.]

Redação 15 (fragmento)

> [...] Ser brasileiro é ser desnutrido, é enfrentar filas para tudo na vida devido a burocracia, é ficar sempre desempregado *por falta de vagas*, é morar em favelas *por falta de melhor distribuição de renda*, é bater recorde de mortalidade infantil

> *devido a ausência de investimento na área da saúde, é ser menino de rua por carência de igualdade social, é ter um presidente que rouba e não vai preso [...]*
>
> [Grifo nosso.]

O mesmo ocorre no texto 16:

Redação 16

Orgulha-te de tua Pátria?

Quando nas escolas primárias, aprendemos a amar a pátria, ensina-se ser patriota. Nos quartéis prega-se que devemos morrer pela pátria, pela terra em que nascemos. Somos adestrados a viver pela pátria nas ruas, na televisão, com políticos.

Na verdade, tudo pura ipocrisia, falsa idolatria, falsa ideologia. Quem ama esta pátria? Quem orgulha-se desta terra? Terra esta, onde o pobre cada dia mais pobre e o rico cada dia mais rico, o povo passando fome e toneladas de comida sendo jogada fora. Políticos corruptos, sem regra de excessão, levando milhões e milhões dos cofres públicos. Como orgulhar de uma pátria, onde impera a lei do silêncio, a lei dos mais fortes, a lei das armas, onde os valores estão envertidos, o certo é errado e o errado certo.

Queria amar-te, Pátria minha, queria sentir prazer de dizer Brasil, más não posso. Perdoa-me Olavo Bilac.

Nessa redação, o aluno-autor, além de enfatizar o adestramento como tarefa da "escola, dos quartéis, da televisão, dos políticos", chama o patriotismo de "pura hipocrisia, falsa idolatria, falsa ideologia" e usa a estratégia da pergunta formulada na proposta como forma de questionamento: "Quem ama esta pátria?". Sua postura crítica é intensificada pelo diálogo direto com o texto da proposta, que, por sua vez, dialoga com o poema de Olavo Bilac, tão usado como instrumento de inculcação ideológica, como objeto de cópias, memorizações ou declamações nas comemorações escolares de datas cívicas. Na última frase ("Perdoa-me, Olavo Bilac"), empregando o verbo perdoar e o pronome clítico de acordo com o padrão formal, o autor se vale de uma expressão que normalmente expressa respeito para confirmar o tom irônico que imprimiu ao seu texto.

Também na redação 17 a atuação do sujeito-autor se revela na ironia, que marca o texto do começo ao fim. Nesse caso, o autor conta com o conhecimento prévio e a cooperação do leitor, na medida em que não explicita os fatos e os textos a que se refere.

Redação 17

Pátria, aqui?

Brasil de morena bonita, de lindos coqueiros, como te amo!
Nós brasileiros honrados, sentimos um orgulho imenso quand(citamos nosso país. E neste momento viemos em suprema alegric agradecer a Deus por nosso país:
— Obrigado Senhor Deus pelo Brasil que é um paraíso, nada aqui dá prejuízo. Obrigado pelos mares, montes e pelc grande quantidade de mata verde (maconha) que nos engrandec(os olhos (bolsos).

Digo que aqui não tem maldade, afirmo que nossos políticos deveriam ganhar medalhas ou melhor troféus para recompensar o bem que eles proporcionam aos nossos bolsos.
Este tal de troca-troca é só para nos aliviar a monotonia. Assim trocam nossos presidentes (tic tac, e a hora passa), trocam nossos adorados deputados (tic tac, e o tempo voa). Isso é para divertir nossas vidas.
Na verdade estamos num paraíso, onde tudo anda nas mil maravilhas...

Nessa redação, já o título sugere, pela sua forma interrogativa, o questionamento do pressuposto básico da proposta – a própria concepção do Brasil como pátria. A partir daí é que o autor se refere aos "patriotas", brasileiros honrados, entre os quais ele se inclui. A descrição do país como um paraíso – onde "não tem maldade", onde "nada dá prejuízo" e "tudo anda às mil maravilhas", com muita "morena bonita, lindos coqueiros, mares, montes" e "grande quantidade de mata verde, que nos engrandece os olhos" – vai construindo no leitor a noção de exagero que, em princípio, poderia servir tanto para o elogio quanto para a ironia (encontramos, sim, alguns textos que lançaram mão do exagero para louvar a pátria e o patriotismo). Mas essa construção hiperbólica, reforçada por expressões positivas ("orgulho imenso", "suprema alegria", "agradecer a Deus", "adorados deputados", "aliviar a monotonia", "divertir nossas vidas"), vem temperada por duas palavras que provocam estranhamento e não deixam dúvida quanto ao efeito irônico intencionado pelo autor. Quem é brasileiro e conhece a história recente do País sabe bem que significado deve atribuir às expressões acima, atreladas, na redação, às palavras maconha e bolsos, que o autor colocou entre parênteses. O funcionamento desse texto depende de o leitor interpretar essas pistas como indicações do autor para que tudo o que foi dito seja entendido ao contrário, ou seja, o sentido que está literalmente expresso "não vale".

Os últimos casos examinados nos mostram como os autores tentam romper com a proposta monológica a eles endereçada, que parece esperar um único ponto de vista sobre o assunto. Ao introduzir no seu texto outra voz, expressando outro ponto de vista, os alunos estabelecem um diálogo com a proposta. Usando estratégias textuais cada vez mais distanciadas da simples cópia, como a crítica e a ironia, vão marcando sua atuação, que, por sua vez, passa a exigir maior atuação do sujeito leitor no sentido de refazer suas hipóteses e seus preconceitos. Assim, vai-se configurando, nesses textos dialógicos, uma interação autor-leitor que corresponde melhor à legítima finalidade da escrita: possibilitar a interlocução a distância.

Condições escolares da escrita: círculos e papéis

A análise desses textos permite inferir, de um lado, o quanto as condições escolares de produção colaboram para que o aluno construa uma imagem estereotipada do gênero "redação escolar": um exercício escrito que serve para mostrar ao professor um conhecimento adquirido na escola sobre estruturas linguísticas, pontuação e ortografia, abordando conteúdos previamente determinados, sob a perspectiva ideológica da escola. Nesse jogo, o professor, na função de "transmissor" de conhecimentos, lê a redação em busca da aplicação desses conhecimentos e, na função de censor, assinala ou condena todas as manifestações que não correspondem às suas expectativas. Forma-se, desse modo, um círculo vicioso em que a função do professor alimenta a imagem construída pelo aluno e o desempenho do aluno ratifica as concepções e atitudes do professor.

Nas primeiras redações analisadas neste capítulo constatamos, na verdade, a presença de papéis escolares: um aluno tolhido ou pouco empenhado quanto às possibilidades de trabalho pessoal, que cumpre a tarefa de preencher uma folha em branco; subjacente a essa atitude, estão as imagens que ele construiu do professor, que apenas cumpre o papel de revisor, e da redação escolar como exercício destinado exclusivamente ao "acerto de contas" sobre o domínio da variedade linguística de prestígio e das convenções gráficas da escrita.

No entanto, a análise dos textos que se seguiram nos permitiu, por outro lado, constatar que a realidade escolar não é assim tão uniforme e perversa, posto que ela viabiliza também a formação de alunos cuja escrita, trabalhada de maneira pessoal, tem poder de convencimento e, portanto, possibilidade de instaurar uma interlocução legítima com o leitor.

Em resumo, toda essa discussão aponta para a necessidade de se romper o círculo vicioso e se possibilitar a reestruturação dos papéis. Nossa análise vem reafirmar a ideia de que seria mais produtivo para a escola, em vez de trabalhar com o objetivo de colocar o texto numa fôrma conceitual e gramatical, na tentativa de impor uma seleção rígida de conteúdos e de estruturas linguísticas, ter como meta a descoberta e o domínio, pelos alunos, do funcionamento interlocucional da escrita, abrindo espaço para a atuação subjetiva do aluno-autor e do professor-leitor, na produção e na leitura de gêneros textuais diversificados, de efetiva circulação social.

A subjetividade do leitor-avaliador

Embora estejamos sempre falando de interação, isso não significa que consideramos equivalentes os papéis e os lugares ocupados pelo autor e pelo leitor. Eles realizam atividades distintas. Na escola, o professor – leitor – ocupa um lugar especial: o daquele que deve orientar o processo de aprendizagem da escrita. Nesse lugar (quase sempre desconfortável!), por um lado, ele tem de lidar com uma variedade de "subjetividades", o que lhe exige "jogo de cintura" e sensibilidade, se não quiser assumir um papel autoritário e castrador em relação aos alunos; por outro lado, ele precisa, de alguma forma, assumir e também "controlar" sua própria subjetividade. Para permitir que os alunos manifestem seus saberes, suas opiniões e suas preferências, através de estratégias linguísticas diversificadas, o professor precisa relativizar seus gostos e suas crenças para, na avaliação do texto do aluno, não operar somente com critérios ideológicos pessoais.

A avaliação de um texto envolve uma boa estratégia de leitura interpretativa, o que requer um leitor com disposição e em condições de cooperar, de entrar no jogo interlocutivo. Cooperação não significa passividade, mas sim abertura, não para aceitar simplesmente, mas para entrar no jogo proposto, recuperando pistas e produzindo sentido.

Podem ocorrer equívocos nesse processo se, a partir de uma leitura global do texto, com base apenas nas suas próprias convicções, o leitor se recusar a aceitar determinadas construções linguísticas ou determinado vocabulário, não conseguir recuperar conotações, ignorar marcas, refutar posições e argumentos, mesmo que esses guardem uma coerência interna em relação ao texto.

Já ouvimos bastante a denúncia de que com frequência o texto do aluno é rejeitado, às vezes até inconscientemente, porque o assunto ou o ponto de vista do autor não corresponde ao do professor que o examina. Digamos, por exemplo, que um professor não concordasse com as críticas elaboradas na redação 17, ou que julgasse que o aluno tenha sido presunçoso e atrevido por atacar a classe política. Seria justo desqualificar a redação por isso? Algumas vezes o professor diz claramente que desqualificou a redação por esses motivos, mas, quase sempre, essa atitude fica escondida por detrás da ênfase na correção de erros gramaticais, como se tentasse achar uma justificativa para a avaliação negativa.

Costuma ocorrer também que o professor se deixe impressionar pela apresentação gráfica do texto ou por erros ortográficos e acabe "não lendo" o conteúdo. Bater o olho numa redação feia, mal-apresentada e/ou com erros crassos de ortografia é o suficiente para rejeitá-la ou lê-la com má vontade.

Por exemplo, nas redações 16 e 17, os autores contam com o conhecimento histórico do leitor. Sem esse conhecimento, o leitor pode inicialmente rejeitar os dois textos, considerando-os previsíveis, uma vez que, aparentemente, ambos reproduzem um discurso nacionalista exacerbado. No entanto, há uma inversão desse discurso nessas redações: no texto 16, as interrogações, a adjetivação (*pura, falsa*) e as marcas adversativas (*mas* não posso) propõem um questionamento, e, se elas não forem percebidas e valorizadas pelo leitor, perderão o seu sentido irônico; no texto 17, além da intencionalidade das interrogações, das exclamações, das reticências, dos parênteses, há a referência a clichês nacionalistas cultivados desde nossa literatura romântica ("morena bonita", "lindos coqueiros"). No mesmo texto, a expressão *troca-troca* só ganhará sentido se o leitor se lembrar do *impeachment* do ex-presidente Collor, em dezembro de 1992 ("trocam nossos presidentes") e das cassações de vários deputados – os "anões do orçamento" – na mesma época ("trocam nossos adorados deputados").

Vê-se, pois, o quanto pode ser equivocada a avaliação baseada numa leitura que ignora ou não recupera adequadamente as marcas textuais. Faz-se necessária, além da leitura global, que permite o primeiro acesso ao conteúdo, uma leitura analítica, pormenorizada, sustentada nos elementos textuais, nos recursos utilizados pelo autor. Assim é que o leitor pode relativizar sua subjetividade, suas tendências ideológicas, suas preferências, suas simpatias e antipatias e, efetivamente, dar voz ao autor. Avaliando o trabalho feito quanto à escolha, à pertinência e à articulação dos recursos expressivos, pode considerar a relevância e a consistência dos argumentos e, enfim, ver emergir a coerência do texto. Nessa leitura é que poderá identificar *em que, até que ponto, por que* o texto flui ou não flui, satisfaz ou não satisfaz, deve ser considerado bom ou ruim.

Por outro lado, é evidente que o leitor é também sujeito às injunções sócio-históricas que condicionam o tipo de diálogo que estabelecerá com o texto. Por isso é importante o estabelecimento de um quadro coerente de critérios, os mais objetivos e explícitos possíveis, que prevejam as possibilidades de enviesamento do olhar sobre o texto e busquem viabilizar uma avaliação justa, consistente e racional. Esses critérios estariam baseados em conhecimentos teóricos, metodológicos e políticos, de forma a contemplar todos os componentes da produção escrita, tendo em vista a objetividade nas avaliações.

É claro que um trabalho dessa natureza não combina com a prática convencional, que exige do professor leitura ou correção de um enorme número de redações. A qualidade do trabalho de avaliação do professor não está na quantidade de textos que ele corrige, mas na qualidade do acompanhamento que ele oferece ao aluno durante o processo de escrita, que abrange planejamento, revisão e reescritas, e, depois, em atividades sistematizadas que contemplem os diversos conhecimentos envolvidos na produção de textos escritos. Uma alternativa metodológica, entre outras, seria organizar o trabalho de forma que as avaliações, no início e no final de cada etapa, considerassem todos os elementos envolvidos na produção escrita e a avaliação de atividades intermediárias privilegiasse, a cada vez, um aspecto da construção textual, como, por exemplo, a organização temática, a argumentação, a paragrafação, a pontuação, etc. O trabalho se organizaria, então, de forma a permitir um percurso do todo para as partes e vice-versa, sem nunca perder a visão global e comunicativa do texto.

Na realidade, o trabalho do professor-avaliador poderá ser cada vez mais consciente e eficaz se ele, além de contar com um quadro de critérios, se possível compartilhado com os alunos, desenvolver uma postura, uma disposição de leitor e determinadas estratégias condizentes com essa disposição. Isso também exigiria condições pessoais e políticas de atualização do seu conhecimento e de constituição do seu lugar de leitor na sociedade. O professor não é um leitor qualquer. Precisa dar consistência ao seu trabalho de ensino-aprendizagem da leitura e da escrita, num exercício consciente das suas decisões pedagógicas. Nesse quadro, ele estaria compreendendo o seu lugar enquanto sujeito desse processo e, portanto, dimensionando a sua subjetividade.

No capítulo a seguir, apresentaremos e discutiremos os critérios que adotamos no Projeto de Avaliação da Escola Pública de iniciativa da SEE-MG. Expondo a elaboração e aplicação desses critérios, bem como os resultados obtidos a partir deles, trazemos ao leitor uma amostra de trabalho realizado sob a perspectiva que vimos defendendo ao longo desta exposição.

Capítulo 4
O projeto de avaliação de textos escolares da rede pública estadual de Minas Gerais em 1993: breve relato

Apresentação

Relatamos aqui, sucintamente, nosso trabalho de avaliação do rendimento de alunos da 5ª série do Ensino Fundamental e da 2ª série do Ensino Médio das escolas públicas estaduais de Minas Gerais, na produção de textos escritos em situação escolar formal: as provas formuladas e aplicadas pela SEE-MG no final do ano letivo de 1993.

Nossa participação, como já dissemos na apresentação deste livro, se desenvolveu no decorrer do ano de 1994 e em parte de 1995: avaliamos 95.014 redações, sendo 10.718 de alunos do Ensino Médio (AVASSEM) e 84.296 de estudantes do Ensino Fundamental (QUINTAVA),[1] atribuindo-lhes notas de 0 a 10. Desse universo, retiramos uma amostra de aproximadamente 2.400 redações (1.200 da 5ª série e 1.200 da 2ª série) para uma análise qualitativa mais consistente. Os textos apresentados neste estudo faziam parte dessa amostra.

---

[1] AVASSEM e QUINTAVA são designações dadas pela Diretoria de Avaliação do Ensino da SEE-MG a dois dos desdobramentos do Programa: a **AVA**liação da **S**egunda **S**érie do **E**nsino **M**édio (AVASSEM) e a **AVA**liação da **QUINT**a série do Ensino Fundamental (QUINTAVA).

Aqui, nosso objetivo é expor e interpretar os resultados desse trabalho. Descrevemos, antes, o trajeto que nos levou a eles, explicitando a concepção teórica que orientou nossas atividades e o quadro de critérios que fundamentou a atribuição de notas e a análise.

Começamos por assinalar que esse projeto apresenta especificidades que o distinguem da avaliação de textos escritos normalmente realizada pelo professor em sala de aula.

Em primeiro lugar, não nos pesou a responsabilidade de, com a nossa nota, interferir na vida do aluno (sua relação com o conhecimento, sua relação com a escrita, sua autoimagem, seu prestígio diante dos colegas, sua reprovação ou promoção para o ano ou ciclo seguinte). Dados os objetivos gerais do Programa, definidos pela SEE-MG, as notas atribuídas aos textos não tiveram qualquer repercussão para seus autores, em termos individuais. As possíveis e desejadas repercussões se situariam no âmbito de uma política educacional, em termos de construção de um diagnóstico o mais apurado possível do ensino da escrita nas escolas da rede pública estadual, a partir do qual se esperava poder esboçar estratégias e alternativas para uma prática pedagógica mais produtiva.

Em segundo lugar, na avaliação das redações, não pudemos contar com informações mais detalhadas sobre o desempenho cotidiano dos alunos, suas atitudes e disposições, nem conversar com eles sobre o texto avaliado, para esclarecer dúvidas e discutir alterações que proporcionassem um aprendizado efetivo da escrita, por meio dos processos de autoavaliação, revisão e reescrita do próprio texto.

E, em terceiro lugar, como avaliamos a atuação dos alunos numa única situação de interlocução – a redação constante da prova de Português –, não acompanhamos o processo de aprendizagem de cada um durante um período maior, o que seria desejável para uma avaliação mais consistente. Temos, pois, uma fotografia, mas não o filme que nos permitiria conhecer o ponto de partida e a trajetória de cada um, o que nos coloca numa condição essencialmente diferente daquela que tem o professor em sala de aula. Essa avaliação captou, portanto, um momento do desempenho dos alunos e nos propiciou perceber algumas questões e não outras. Sua validade e possibilidade de contribuição para mudanças no ensino estão, portanto, ligadas à compreensão desse seu significado específico, de seu alcance e suas limitações.

Em vista das peculiaridades do trabalho, para realizar a avaliação quantitativa (atribuição de notas ao universo de redações) e a análise qualitativa da amostra, procuramos elaborar critérios que correspondessem a um possível modelo genérico de texto escrito adequado para circular em uma situação pública e formal de uso da língua, tal como se caracteriza a avaliação oficial, promovida pela Secretaria de Educação, para fazer um diagnóstico do desempenho dos alunos da rede de escolas estaduais. É essa questão que passamos a discutir a seguir.

Estabelecer critérios é definir um ponto de vista

O lugar de onde olhamos e o modo como olhamos determinado objeto nos fazem ver alguns aspectos e não enxergar outros, e, com isso, compreendemos esse objeto diferentemente de alguém que o olhasse de outro ângulo. Assim acontece em qualquer avaliação. Nossa maneira de compreender o que é e como funciona o texto em geral e, especificamente, como deve ser um bom texto escrito foi a perspectiva que adotamos para avaliar as redações do Programa da SEE-MG/1993. Desse ângulo de visão, construímos um conjunto de critérios, que são as lentes com as quais "botamos reparo" nas redações. Noutras palavras, isso significa que as notas que atribuímos às redações não constituem, em si, valores absolutos, mas, antes, devem ser compreendidas como resultantes dos objetivos e das demandas da Secretaria da Educação e dos critérios que adotamos em função da maneira como realizamos a leitura das redações.

A concepção que nos serviu de base, já explicitada anteriormente, foi a de que todo texto escrito funciona como diálogo, como interlocução a distância: quem escreve leva em conta para quem, para quê, onde e quando está escrevendo e também em que situação seu texto será lido. É particularmente importante, para o autor de um texto escrito, prever quem será o seu leitor – o que ele sabe e o que deixa de saber, o que espera encontrar naquele texto, com que disposição entra nesse jogo comunicativo. Em função das respostas que imagina para essas questões é que o autor decide (em geral, não conscientemente) sobre o que e como vai escrever, selecionando suas opções no intuito de melhor concretizar seus objetivos e produzir no leitor os efeitos desejados.

Por isso, na elaboração dos critérios e no trabalho de avaliação das redações, atentamos não apenas para a estruturação semântica dos textos (o que foi escrito, isto é, seu conteúdo e como esse conteúdo foi desenvolvido e organizado) e sua estruturação formal (como foi escrito, sua adequação gramatical, sua coesão), mas também para sua dimensão comunicativa (sua inserção no processo de interlocução estabelecido na situação de avaliação proposta pela SEE-MG). Essa dimensão diz respeito à relação que, através do texto, o autor procura estabelecer com o leitor e, portanto, inclui o *quem escreve* e o *para quem, para quê, onde* e *quando escreve*. Esse é um aspecto decisivo, pois, em princípio, a partir dele é que o produtor do texto define qual o gênero textual mais adequado para a situação, quais informações incluir ou deixar de lado, como organizar essas informações, por onde começar, que estilo adotar (por exemplo, uma linguagem mais formal ou uma linguagem mais solta?).

Assim, o que procuramos fazer foi levar em conta a situação em que os alunos escreveram e, a partir daí, fazer uma projeção de como deveriam se apresentar os textos esperados. Foi com um olhar mais abrangente que formulamos os critérios de avaliação e orientamos nosso trabalho de atribuição de notas, buscando dar conta não apenas do produto – a redação –, mas de toda a complexidade envolvida no processo de produção e circulação dessa escrita.

A nota não é mera questão matemática

A atribuição de notas ao texto do aluno é um dos instrumentos para se avaliarem o processo e o produto da elaboração textual, mas não é o único e não deve ser a trilha orientadora do trabalho na sala de aula. Entretanto, a nota, principalmente por razões culturais, pode funcionar como estratégia para a constituição do conhecimento sobre a escrita, pode servir de referência para o professor e o aluno se situarem. É importante para o aluno desenvolver seu conhecimento sobre o funcionamento da língua, tomar consciência tanto da adequação quanto da inadequação das hipóteses que ele tenha construído acerca desse funcionamento.

A própria construção de um conjunto de critérios para avaliação do texto, desde que conte com a participação do aluno, pode se tornar uma estratégia importante para promover a aprendizagem. Essa forma de avaliação, em que todos os elementos envolvidos no processamento do texto são analisados e quantificados através de uma nota, poderá ser a síntese final de uma etapa do planejamento e da execução do trabalho escolar de ensino da escrita. Faz-se a avaliação do caminho percorrido e abre-se, pelo que ela revelou, um novo percurso, que retomará, em espiral, o constituído anteriormente. Assim, a nota não servirá apenas para aprovar ou reprovar. Na verdade, o mais importante são os aspectos qualitativos que se escondem por detrás dela e os possíveis usos e as interpretações que dela podem ser feitos.

No caso do Projeto de Avaliação, para viabilizar o trabalho de atribuição de notas a um número tão grande de redações, formulamos um quadro de critérios composto de dez itens, seis referentes à Adequação Semântica e Comunicativa e quatro referentes à Adequação Formal. No tópico a seguir, vamos explicitar cada um desses itens e, ao final, vamos apresentar os critérios que orientaram nossa avaliação.

A definição clara de critérios de julgamento fez-se necessária em razão do objetivo de buscar uniformidade na avaliação, que envolveu um volume tão grande de textos e uma equipe de trabalho numerosa (seis coordenadores de grupo e sessenta avaliadores).

A primeira decisão nesse sentido foi a de levar os avaliadores a atentar especificamente para vários aspectos da formulação do texto, em vez de propor um julgamento baseado apenas numa leitura global e intuitiva (no "olhômetro", como se diz). Embora saibamos que, na comunicação espontânea, a produção e a interpretação de textos se processam de maneira global, entendemos que essa não era a orientação mais prudente naquele momento, em razão dos objetivos e das especificidades do Projeto. Uma avaliação globalizante teria sido mais rápida, porém, como já discutimos no capítulo anterior, abriria maior espaço aos valores e às preferências pessoais dos avaliadores, o que poderia comprometer a isenção e a homogeneidade desejáveis num trabalho dessa natureza. Por isso, optamos por uma avaliação que explicitasse a impressão geral da primeira leitura, através da análise de alguns aspectos específicos da elaboração do texto (também conforme a discussão do capítulo anterior). Com os critérios previamente estabelecidos e conscientemente aplicados, a intuição e o bom senso, indispensáveis nesse trabalho, se aliariam ao discernimento e à consistência, qualidades também necessárias a um bom trabalho de avaliação.

Os critérios adotados foram testados na análise de uma amostra piloto usada no treinamento da equipe de avaliadores. Nesse momento foi possível, além de apresentá-los, discuti-los com os avaliadores e, a partir da discussão, reformular alguns aspectos, acrescentar ou explicitar outros.

O que avaliar? Três dimensões consideradas no quadro de critérios: a discursiva, a semântica e a gramatical

Vamos agora explicar o caminho que seguimos na formulação dos critérios para avaliar as três dimensões consideradas necessárias ao funcionamento dos textos – a discursiva, a semântica e a formal (ou gramatical) – e, também, explicitar como procedemos para transformar essa compreensão teórica em nota objetiva. Este tópico se subdivide em quatro partes, as três primeiras dedicadas a cada uma dessas dimensões e a última à apresentação do quadro de critérios com que trabalhamos.

Convém, neste ponto, recuperar um pouco da história da construção desses critérios, para ressaltar todo o processo de reflexão envolvido em sua elaboração e, também, as mudanças que foi sofrendo, ao longo do tempo, em função de mudanças nas concepções de língua e de texto de quem se viu na contingência de trabalhar com eles. Na verdade, a origem de nosso quadro remonta ao primeiro vestibular único em que a UFMG incluiu uma prova de redação e foi então elaborado pela Prof[a] Magda Becker Soares, coordenadora do trabalho. Em seguida, foi sendo revisto e alterado pelas professoras que se responsabilizaram pela elaboração e correção das provas de redação: Maria Antonieta Antunes Cunha, Carolina do Perpétuo Socorro Antunes, Sônia Maria de Melo Queiroz, Maria Lúcia Brandão Freire de Melo, Maria da Graça Costa Val e Anilce Maria Simões (posteriormente ao Projeto aqui relatado).

No Ceale, retomamos o quadro que era utilizado no vestibular da UFMG e, depois de longo processo de reflexão e discussão, demos a ele o formato que será aqui explicitado, que ressalta o acréscimo dos itens referentes à dimensão discursiva específicos do Projeto de Avaliação. Posteriormente, durante algum tempo esse quadro de critérios foi adotado, com alguma alteração, pela própria SEE-MG para orientar o trabalho de avaliação de redações dos professores da rede estadual, na continuidade do Programa de Avaliação da Escola Pública.

O texto convenceu?
A dimensão discursiva

Quais foram as condições de produção dos textos que avaliamos? Quem os escreveu, em 1993, foram alunos da então 5ª série do Ensino Fundamental ou da 2ª série do Ensino Médio das escolas públicas estaduais. Esses alunos escreveram não em função de uma necessidade espontânea de comunicação, mas *porque* eles foram convocados a participar de um projeto de avaliação do ensino da rede estadual. O *gênero de texto* a ser produzido não era um bilhete, nem uma anotação pessoal, nem uma carta para o namorado; era uma *"redação", inserida numa prova oficial* promovida pela Secretaria de Estado da Educação, da qual constavam questões de múltipla escolha relativas à interpretação de textos e ao conhecimento gramatical dos alunos. A *situação* era nitidamente formal, era tipicamente uma *instância de uso público da linguagem*. Os alunos, em princípio, sabiam (ou deveriam saber) que estavam escrevendo *para que* sua redação fosse avaliada, dentro de determinados padrões escolares. Isso implica que eles escreveram (e deveriam ter compreendido isso claramente) *para um leitor* que deveria ficar bem impressionado com o texto que redigissem, deveria entendê-lo e gostar dele. Esse leitor, no entanto, era alguém distante, desconhecido deles, que não sabia das particularidades da história e da situação de cada um. Os alunos poderiam (e deveriam) supor que esse leitor virtual lhes propunha um tema e delimitava algumas condições para o seu texto, ou seja, era alguém que tinha conhecimento da proposta de redação.

As *propostas de redação*, formuladas pela SEE-MG, constituem, pois, um elemento fundamental das *condições de produção* dos textos que nos coube avaliar, posto que a partir delas é que os alunos desencadearam o planejamento do texto, definindo sua dimensão comunicativa. A proposta foi o elemento concreto que lhes possibilitou levantar hipóteses sobre o texto que era esperado deles naquela situação, do que deveriam falar, em que tom, contando com que conhecimentos partilhados pelo leitor.

Desse modo, fica claro como a situação em que se dá a elaboração de um texto condiciona a escolha e a organização do conteúdo e também a maneira de apresentá-lo, isto é, seu gênero, que estabelece sua organização formal e seu estilo de linguagem (desde sua estruturação em partes até a sintaxe de suas frases, sua pontuação, sua ortografia). Avaliar o funcionamento comunicativo (ou discursivo) do texto requer, pois, levar em conta como ele respondeu a essa situação e que influência ela teve em sua estruturação. Isso significa que a adequação discursiva perpassa todo o processo de redação e nem sempre pode ser identificada especificamente em algum elemento textual. Ou seja, julgar se um texto funciona bem é uma tarefa dos interlocutores, em um determinado contexto de interação. Dessa perspectiva é que consideramos as relações entre a estruturação semântica do texto (a organização de seu "conteúdo") com a sua configuração formal (sua organização linguística e sua apresentação gráfica), porque, afinal, uma boa relação entre conteúdo e forma faz parte das expectativas dos leitores, já que isto facilita a compreensão.

Na avaliação específica dos aspectos discursivos, elegemos dois itens que nos pareceram relevantes, nas condições de produção dos textos e no gênero "redação escolar" em que se apresentaram. Esses dois itens incluem a previsão, por parte dos produtores, de como se dará a leitura de seu texto. Trata-se da "adequação ao tema" e da "consistência argumentativa". O primeiro item se volta para a relação do texto com a proposta (nas diversas maneiras como os alunos a interpretaram); o segundo, para a maior ou menor possibilidade dos recursos textuais agenciados pelo autor produzirem algum efeito no leitor, convencendo-o de que o texto funciona bem.

Observando as propostas apresentadas aos alunos, podemos ver que elas lidam – direta ou indiretamente – com os componentes discursivos do texto da maneira tradicional prevista pela escola. Assim, o leitor continua sendo o professor-avaliador, o objetivo é discorrer sobre um determinado tema para ser avaliado e o gênero textual esperado é "redação escolar".

O tema é, nessas propostas, um requisito explicitamente definido e que condicionou grande parte das decisões tomadas pelos alunos-autores. Procuramos lidar com ele tendo em mente o que acontece nas situações reais de comunicação.

Nesse sentido, consideramos a "adequação ao tema" numa perspectiva funcional. Ou seja, avaliamos o efeito da maior ou menor adequação ao tema para o funcionamento do jogo comunicativo que deveria se estabelecer através da redação. Levamos em conta que, numa situação efetiva de interlocução, de um lado, quem quer realmente participar de uma conversa procura falar de questões relacionadas com o assunto em pauta e com o contexto em que se dá a comunicação e, de outro lado, a pertinência de sua participação é avaliada pelos parceiros daquele jogo comunicativo. Essa pertinência, no entanto, não é questão absoluta, que se defina em termos de tudo ou nada. O locutor, em função de seus objetivos, pode optar por apresentar um texto indiretamente relacionado com o tema em foco; pode até mesmo, por não querer ou não poder, naquela circunstância, responder ao que lhe foi perguntado, tentar escapar da situação construindo uma resposta vaga, nebulosa; pode responder indiretamente buscando produzir um efeito de humor ou ironia; pode, enfim, se negar a responder.

Assim, a sugestão de tema foi entendida como eixo orientador das redações, já que o aluno poderia utilizar-se de estratégias variadas de inserção do tema no seu texto. Procuramos, num primeiro momento, distinguir as redações que mantiveram fidelidade ao tema proposto daquelas em que o empenho do autor nesse sentido não foi 100% bem-sucedido e daquelas em que se manifesta a recusa do aluno de participar do jogo comunicativo a que foi convidado. A partir daí foi que atribuímos nota ao item "adequação ao tema". Os textos que não trataram do tema proposto tiveram zero nesse item, mas não foram excluídos do universo de redações examinadas, já que, mesmo fora do tema, eles permitiam uma avaliação do desempenho do aluno quanto a outros aspectos enfocados no projeto.

O outro critério adotado, no que se refere à dimensão discursiva das redações, foi a "consistência argumentativa". Essa questão também tem a ver com a intuição interativa das pessoas em geral, que esperam encontrar textos cujos argumentos sejam suficientes para convencê-las de sua legitimidade e pertinência. Podemos dizer que a necessidade de capturar o leitor, de alcançá-lo, é inerente ao ato comunicativo. Isso exige que os produtores procurem dar a seus textos uma "lógica" que possa ser apreendida pelos interlocutores (a "lógica" de mundos reais possíveis, ou a dos sonhos, ou a da imaginação infantil, ou a da literatura ficcional, por exemplo). Enfim, é preciso que o leitor considere que o texto não diz coisas "sem pé nem cabeça".

A possibilidade de se considerar o texto plausível, aceitável, compatível com um sistema social de conhecimentos, crenças e valores, convincente, enfim, foi avaliada levando-se em conta, é claro, a faixa etária e o possível universo cognitivo e cultural dos alunos autores das redações. Nos textos dissertativos, esse fator pode ser observado na logicidade e na força de convicção dos argumentos; nos textos narrativos, ele se revela na verossimilhança ou na compatibilidade dos elementos textuais com um determinado "tipo de mundo" (por exemplo, como dissemos acima, o mundo considerado real, ou mundo da fantasia, ou o mundo da ficção, ou o mundo onírico, por exemplo). Na dissertação, como na narração, o que se buscou foi avaliar a pertinência, a suficiência e a relevância dos argumentos ou "ideias" expostos no texto, conforme especificado no item 1.3 da Grade de Correção que será apresentada na quarta parte deste capítulo.

Uma questão interessante a observar é que, enquanto a maioria dos alunos buscou aceitabilidade para seu texto procurando agradar e convencer o leitor, houve também aqueles que buscaram alcançar o leitor pelo ataque, empenhando-se em desagradá-lo. Desagradar e agredir são também objetivos possíveis (e frequentes) na comunicação humana e, assim, quando constatados nas redações, foram considerados legítimos e avaliados quanto à pertinência dos recursos agenciados pelo autor para realizá-los.

Além dos itens "adequação ao tema" e "consistência argumentativa", que tiveram pontuação específica no quadro de critérios, a adequação discursiva foi considerada, implicitamente, a cada item avaliado, porque nossa avaliação não se orientou pelos critérios tradicionais do "certo ou errado" prévio e absoluto, mas antes levou em conta a integração de cada componente da redação com o seu todo e a contribuição de cada um para o bom funcionamento do texto.

O texto foi compreendido?
A avaliação da dimensão semântica

A estruturação semântica de um texto tem a ver com sua coerência. A rigor, a coerência não é propriedade exclusiva do texto, mas se constrói na interação com o leitor. A significação não é inerente ao texto, depende do contexto comunicativo, dos conhecimentos prévios partilhados entre locutor e interlocutor e do trabalho cooperativo dos dois na produção de sentido. Desse modo, o que é pertinente numa situação pode não ser em outra, o que é interpretado de uma maneira em determinada situação, por determinado ouvinte ou leitor, pode ser interpretado diferentemente por outros interlocutores, noutras situações.

Entretanto, pode-se levantar algumas regularidades que o uso social estabeleceu para a estruturação semântica dos textos e que, por isso mesmo, fazem parte dos conhecimentos linguísticos e das expectativas das pessoas em geral. A intuição comunicativa dos falantes se manifesta em expressões populares consagradas, das quais nos servimos na avaliação espontânea dos textos com que interagimos no cotidiano. Pretendemos que um texto seja inteiro, completo (sabemos perfeitamente se uma história ou uma argumentação estão concluídos ou não, e reclamamos quando o autor "para no meio"). Pretendemos também que os textos tenham unidade temática, isto é, que o autor não fique "pulando de um assunto para outro", não "perca o fio da meada". Em contrapartida, esperamos que, mantendo-se relativamente fiel a um fio condutor, o texto não pareça um disco arranhado que não sai do lugar, que não fique "amassando barro", repetindo sempre as mesmas ideias. Além disso, esperamos que as opiniões expressas estejam relacionadas entre si e não se contradigam; reclamamos quando o texto nos parece "não dizer coisa com coisa".

No nosso quadro, três critérios são relativos à coerência, pois lidam com fatores que acreditamos integrarem as tendências mais gerais de produção textual, no modo falado ou escrito (1.2.2 – "continuidade", 1.2.3 – "progressão", 1.2.4 – "articulação"), e um critério contempla especificamente a modalidade escrita (1.2.1 – "relação título-texto").

O item 1.2.2 – "continuidade" – diz respeito à possibilidade de se reconhecer na redação um eixo, um fio condutor, uma ideia nuclear que se mantém e organiza todo o discurso, de tal modo que o leitor possa identificar, afinal, de que trata o texto. Não é verdade que todo texto tenha de se apresentar como um bloco monolítico; é possível – e às vezes pode até ser recurso expressivo interessante – que a unidade e a continuidade não se ofereçam de imediato ao leitor e sejam recompostas ao final de uma passagem ou na inter-relação das partes com o todo do texto. Por tudo isso, avaliamos a continuidade considerando a existência ou não de rupturas no tecido textual e o efeito das eventuais rupturas no processo de produção de sentido desenvolvido por um leitor em situação similar à nossa.

A "progressão", que foi contemplada no item 1.2.3, complementa e contrabalança a continuidade. Como dissemos, faz parte das expectativas dos falantes, em nossa cultura, que os textos mantenham um eixo temático, que "não percam o fio da meada"; mas faz parte dessas expectativas também que os textos se desenvolvam, acrescentando informações sobre o tema central ou desdobrando-o em subtemas afins. Esse desenvolvimento que faz o texto fluir é a progressão. A continuidade traz a necessária repetição, que garante a manutenção do fio condutor; a progressão traz a novidade que faz o texto ir para a frente. As duas são elementos básicos da coerência textual, integram o saber linguístico intuitivo dos falantes. Sua ausência, possível, tende usualmente a ser interpretada pelo ouvinte/leitor ou como falha ou recurso através do qual o produtor busca provocar algum efeito de sentido especial. Em nossa avaliação da progressão, procuramos considerar os efeitos de sua presença e a repercussão de sua ausência no funcionamento do texto.

O item 1.2.4 cuidou da "articulação", que compõe, com a continuidade e a progressão, a tessitura do texto. Trata-se da inter-relação dos elementos textuais entre si e com o todo, do nexo que estabelece o encadeamento entre as partes, através de relações lógico-semânticas, por exemplo, de causa e consequência, de condição, de finalidade, de temporalidade, de contiguidade, de inclusão ou exclusão, de compatibilidade e não contradição, etc. Locutor e interlocutor processam o texto a partir da expectativa de que os elementos apresentados tenham a ver entre si, que não pareçam uma sequência de informações soltas e desconexas. A articulação pode não estar explícita, pode ser confiada à capacidade do interlocutor de ativar conhecimentos partilhados e inferir as necessárias conexões, mas precisa, de alguma forma, estar sinalizada ou ser dedutível pelo ouvinte/leitor. Como vimos no capítulo "Avaliar o quê? E como", na conversação face a face, há forte tendência a construir textos sem nexos explícitos, porque os interlocutores partilham, além do conhecimento temático, todas as informações advindas do contexto imediato, de tal modo que a explicitação poderia até tornar o texto oral lento e redundante. Entretanto, na interação mediada pela escrita, sobretudo em instâncias públicas e formais, cresce, normalmente, a necessidade de verbalizar o relacionamento entre as informações ou de tornar acessíveis os nexos implícitos. Isso se dá porque, nessas circunstâncias, o leitor está fisicamente distante, não é íntimo nem conhecido pessoalmente pelo escritor, não compartilha a situação de produção, não tem a ajuda da entonação, da gesticulação e da expressão facial. Avaliando a articulação, consideramos as redações como textos escritos públicos e formais[2] e nos colocamos como leitores dispostos a trabalhar na produção do sentido, buscando as conexões explícitas e levando em conta todas as indicações presentes no texto que contribuíssem para o resgate de relações implícitas (como fazemos quando lemos outros textos públicos e formais, presentes em jornais, revistas, documentos, etc.).

A rigor, a "relação título-texto", contemplada no item 1.2.1, é constitutiva da articulação textual e poderia, portanto, ser avaliada no item 1.2.4. Foi destacada em nosso quadro de critérios porque o título é um elemento explicitamente recomendado nas quatro propostas de redação e porque ele exerce funções particularmente importantes neste e em muitos outros gêneros de textos escritos.

Uma das funções do título, em alguns gêneros escritos, é dar a conhecer ao leitor qual é o tema do texto. Essa função não ocorre em todos os textos escritos (um bilhete, por exemplo, não tem título) nem em alguns gêneros orais, embora seja usual e importante em outros. No uso oral da linguagem em situações cotidianas e distensas, o tema de uma fala é dado pelas

---

[2] Uma redação feita numa prova de avaliação oficial do sistema de ensino é uma situação pública e formal de uso da escrita.

circunstâncias, por falas anteriores, por gestos, por elementos concretos do contexto imediato e, nesses casos, não costuma ser explicitado. Já em gêneros orais públicos e com algum grau de formalidade, como uma conferência, uma aula, um debate na televisão, uma discussão com a participação dos ouvintes num programa de rádio, o tema é previamente determinado e anunciado. Na conversa cotidiana descontraída, quando o tema não é estabelecido na própria situação comunicativa, ele pode ser definido verbalmente no interior do próprio texto por recursos sintáticos específicos, como a topicalização (isto é, o deslocamento de um termo para o início da frase), como, por exemplo, em: "*Meu irmão*, ontem a nossa vizinha deu um cachorro pra ele". Entretanto, no uso escrito, em diversos gêneros (notícia, reportagem, crônica esportiva, artigo científico, trabalho acadêmico, redação escolar, entre outros) é o título que cumpre essa atribuição fundamental.

Outras funções importantes do título podem ser indicadas: sinalizar a posição ou a avaliação do autor a respeito do assunto tratado (por exemplo, em editoriais e artigos de opinião), destacar algum ponto relevante do texto (nas chamadas de primeira página de jornal, em artigos de revista, etc.), chamar atenção para algum aspecto misterioso, poético, simbólico que só será compreendido depois da leitura completa do texto (como acontece em romances de aventura, contos, poemas e outros gêneros literários).

Assim, no item 1.2.1, nós avaliamos, além da presença ou da ausência do título, a sua pertinência e adequação em relação ao tema do texto e ao tratamento dado a esse tema pelo aluno.

Um problema que tivemos de enfrentar, diante das redações, foi que muitas vezes tornou-se difícil discernir entre os fatores apontados na grade como constitutivos da coerência: quais os limites entre a continuidade e a articulação? Um texto com baixo índice de progressão pode ser considerado articulado? De fato, no uso efetivo da linguagem, a coerência é processada globalmente, e não item por item, e, com frequência, um mesmo indicador tem mais de uma função, sinalizando, por exemplo, que uma informação é pertinente ao tema que vinha sendo desenvolvido e que se liga a ele por determinada relação lógico-semântica.

Por outro lado, na grade de critérios, no item 1, sob o rótulo "Adequação discursiva e conceitual", integramos dois critérios relativos ao funcionamento discursivo (os itens 1.1 – adequação ao tema proposto – e 1.3 – consistência argumentativa). Essa decisão decorreu do entendimento de que o discursivo e o semântico se interpenetram, um tendo implicações sobre o outro. Como dissemos, a coerência não é um atributo inerente ao texto, mas é construída na interação. O processamento do sentido textual, pelos interlocutores, envolve a consideração do outro, requer a elaboração de hipóteses sobre os conhecimentos, os objetivos, as expectativas, a disposição e a capacidade do parceiro. Ou seja, na medida em que os conhecimentos, as crenças e os valores são bens culturais, a coerência textual, que depende da estruturação lógico-semântica, só pode ser construída na inter-relação, isto é, na situação discursiva.

Em suma, embora reconhecendo que a coerência se processa globalmente e em função de relações entre sujeitos estabelecidas na interlocução, nós nos vimos diante da necessidade metodológica de dividir esse processamento, especificando alguns dos elementos que o constituem, para dar a possível uniformidade ao trabalho de avaliação e análise, feito por uma equipe tão numerosa.

O texto apresenta uma "gramática" adequada?

Na análise da dimensão gramatical, consideramos os recursos linguísticos do texto, sua função e relevância, sua inter-relação e possibilidades de sentido. Essa dimensão está presente no nível da frase (na *sintaxe*) e também no nível textual, nas relações entre as frases de uma sequência ou parágrafo e na relação dos parágrafos ou sequências entre si (na *coesão*).

Assim como a coerência, a coesão e as próprias relações sintáticas, ao contrário do que geralmente se pensa, também não são inerentes ao texto, mas se constroem na interação, de acordo com o processamento mental feito pelos interlocutores. Coesão e sintaxe não são relações fixas, que, uma vez construídas pelo produtor, não serão sempre compreendidas da mesma maneira por todo ouvinte/leitor em toda e qualquer situação. Pelo contrário, o sistema gramatical prevê múltiplas possibilidades de expressão e interpretação, e aquela que se efetiva, a cada construção textual, mantém relação de interdependência com a estruturação semântica e discursiva do texto; afeta e é afetada por elas.

Podemos exemplificar demonstrando que até mesmo a delimitação e a função dos termos de uma oração não se resolvem exclusivamente no nível sintático, mas sim quando se relaciona a sintaxe com o conhecimento cultural e as informações vindas da situação comunicativa, que desfazem as possibilidades de ambiguidade. Num diálogo entre comprador e vendedor, numa loja de roupas, por exemplo, os interlocutores tenderiam a ignorar a ordem sintática da expressão "calça para menina branca" e a entendê-la como correspondente à estrutura sintática "calça branca para menina". Ao rejeitarem a interpretação [calça (de qualquer cor) para (menina branca)], eles levam em conta não a organização gramatical dos elementos, mas o conhecimento de mundo e a identificação dos objetivos do autor ou o sentido possível no contexto dessa fala.

Também no nível das relações entre orações podemos apresentar exemplos de enunciados que ficariam ambíguos se apenas a dimensão gramatical fosse levada em conta. Ao deparar com a frase "coloque a torta na fôrma depois de untá-la com manteiga", numa receita culinária, normalmente o leitor interpreta "a fôrma" (e não "a torta") como antecedente do pronome "a", entendendo que a fôrma é que deve ser untada, e não a torta. Essa compreensão não ocorre em função de regras de sintaxe ou de coesão, mas de seu conhecimento cultural, no qual se inclui a noção de que é costume untar as fôrmas onde se vai assar alguma coisa.

Os elementos linguísticos e os laços gramaticais são, pois, elaborados mentalmente pelos sujeitos, na interação cotidiana, em função do ambiente linguístico em que ocorrem, do todo textual e das relações do texto com o contexto, não havendo, em princípio, formas erradas nem obrigatórias para todo e qualquer contexto. Entretanto, como vimos para a coerência, nesse nível também existem regularidades, usos socialmente consagrados para determinadas situações, que fazem parte do conhecimento e das expectativas dos falantes. O rompimento com a tendência dominante tem consequências sobre a interação: pode ser interpretado pelo interlocutor como inaceitável, ou como gerador de algum efeito de sentido especial, ou pode até mesmo comprometer a compreensão do texto. Sobretudo na escrita, em que as relações gramaticais, no nível da sintaxe e da coesão, não contam com a contribuição da prosódia (entonação, ritmo, altura da voz, marcas como o alongamento de vogais ou a pronúncia enfática de consoantes), a legibilidade do texto pode ficar prejudicada pela não expressão ou pela expressão inadequada de recursos linguísticos e gráficos (como a pontuação e a paragrafação). Foi esse entendimento da questão que nos orientou na elaboração e no emprego dos critérios de avaliação da dimensão formal das redações.

Em razão da nossa preocupação metodológica de fornecer parâmetros bem definidos para orientar a avaliação, procuramos especificar cada fator componente da dimensão gramatical e, além disso, quisemos também, nesse tópico, nos valer do conhecimento dos professores que integraram a equipe, já que a tradição escolar de correção de redações é mais estruturada nessa área do que na área conceitual e discursiva.

No item 2.1 do quadro de critérios, cuidamos da "coesão" propriamente dita, que diz respeito à inter-relação entre os elementos linguísticos no plano textual, abrangendo as relações entre frases e entre partes ou sequências do texto. As categorias abaixo constituem alguns dos sinalizadores mais típicos da coesão textual:

a) Os recursos anafóricos, como pronomes e advérbios que remetem ou apontam para elementos expressos noutra parte do texto, promovendo laços entre eles (ex.: *"Gostei da escola. Só encontrei bons professores e colegas simpáticos lá."*).

b) Os articuladores, que explicitam relações semânticas entre orações, frases, parágrafos e partes do texto, entre os quais se incluem as conjunções e expressões como *por um lado/por outro lado; por exemplo; em primeiro lugar/em segundo lugar*, etc.

c) Os tempos e aspectos verbais, que situam as informações textuais com relação ao momento da produção do texto (antes, o pretérito; durante, o presente; posterior, o futuro) e, na narrativa, marcam a importância dessas informações (os fatos integrantes do eixo narrativo, em primeiro plano, no pretérito perfeito; os eventos secundários e os relativos à ambiência e às circunstâncias, em segundo plano, no imperfeito).

d) Os processos de coesão lexical, como o emprego de vocabulário do mesmo campo semântico (exemplo: *escola, professor, aluno, matéria, nota*) e a substituição por sinônimos, antônimos ou por termos que estabelecem com o substituído uma relação do tipo "todo/parte", "classe/indivíduo" (exemplo: *matérias/ Português, objetos escolares/caderno*). Todos eles são muito importantes na tessitura da malha textual, porque através deles se retomam informações, acrescentando-lhes novos detalhes, imprimindo-lhes novos sentidos (exemplo: *os alunos da 5ª série/aqueles bagunceiros*) ou evitando repetições improdutivas.

Há outros recursos linguísticos que, além de servirem ao estabelecimento da coesão pelo locutor e pelo interlocutor, sinalizam alguns aspectos relacionados aos efeitos de sentido pretendidos pelo produtor. Entre eles estão os "modalizadores", que manifestam a avaliação do autor com respeito ao que disse no texto. Os recursos que costumam expressar a modalização são advérbios ("talvez" "felizmente"), expressões como "é necessário", "seria conveniente", ou "de fato", "na verdade", os modos verbais (o subjuntivo, por exemplo, sinaliza hipótese ou possibilidade) e alguns verbos, chamados "modais", como "poder" ou "dever", que indicam, respectivamente, possibilidade ou necessidade. Há também os chamados "operadores argumentativos", que indicam, muitas vezes de maneira sutil, a orientação argumentativa assumida no texto. São palavras e expressões como "até", "apenas", "inclusive", "nada mais que", entre outras. Esses operadores podem trazer pistas importantes sobre o posicionamento do autor a respeito do que está falando e, com isso, sinalizar a que conclusão ele pretende chegar (e encaminhar o leitor). Observe-se, por exemplo, a diferença entre "Joana foi à festa" e "até Joana foi à festa". No primeiro caso, o fato de Joana ter ido à festa é considerado normal, esperável; no segundo, é apontado como raro e inesperado e, assim, pode encaminhar à conclusão de que a festa teve comparecimento extraordinário, foi um sucesso, etc.

Avaliar a coesão significou, para nós, verificar a presença ou não de todos esses recursos que contribuem para o estabelecimento da coesão, considerar os efeitos positivos e negativos de sua presença ou de sua ausência, medindo, assim, sua contribuição para o funcionamento do texto.

O item 2.2 contemplou a "morfossintaxe", entendida como a inter-relação entre os elementos linguísticos dentro dos limites da frase. Os aspectos considerados nesse item são os mais difundidos pela tradição gramatical e, com frequência, na escola, ao lado da ortografia, constituem o critério predominante de avaliação de redação. Os fatores que consideramos especificamente foram: a estruturação sintática dos períodos (presença de oração principal e de subordinadas necessárias, presença de termos essenciais e integrantes), a concordância, a regência e a colocação. Nossa avaliação, orientada por uma concepção interacionista de linguagem, não tomou como referência exclusiva a variedade linguística de prestígio (a chamada "língua padrão"), mas levou em conta a integração e o funcionamento dos recursos linguísticos no todo do texto, sem perder de vista que se tratava de texto escrito em situação pública e formal.

No item 2.3, consideramos a maneira como o aluno sinalizou, através da "paragrafação" e da "pontuação", a segmentação de ideias (unidades semânticas) e de unidades sintáticas. Esses dois recursos correspondem à maneira como convencionalmente se representam na escrita os sentidos expressos pela prosódia na língua falada e têm grande importância como auxílio à leitura. Atentamos para a organização do texto em parágrafos, os indicadores de diálogo, a delimitação de termos, orações e períodos através de vírgula ou ponto final, e a pontuação expressiva, com a qual se assinala, além da segmentação, o ato de fala que se quer expressar na frase (afirmação, interrogação, exclamação, ironia, etc). Também nesse item nossa avaliação não se pautou por regras absolutas e preestabelecidas, mas considerou princípios e tendências dominantes no uso social da escrita, analisando os efeitos de sua adoção ou não em função do ambiente linguístico da ocorrência e do todo do texto.

Já a "ortografia e acentuação", de que trata o item 2.4, tiveram um tratamento menos flexível, em termos da norma. A situação em que os textos foram produzidos é tipicamente formal, na qual se espera o uso das convenções do sistema de escrita. Entretanto, levamos em conta, na avaliação, a possibilidade de o aluno ter como objetivo representar a linguagem falada cotidiana ou algum dialeto não padrão, no diálogo entre personagens típicas, por exemplo.

Foram esses, então, os critérios que regeram nosso trabalho, no que se refere à dimensão gramatical das redações.

O quadro de critérios

Considerando que os textos se compõem da integração entre suas dimensões discursiva, semântica e formal e tendo formulado critérios de avaliação dessas três dimensões, específicos para a situação de escrita das redações do Projeto, compusemos o nosso quadro de critérios de avaliação com dez itens, agrupados sob os rótulos de Adequação Discursiva e Conceitual (dimensões discursiva e semântica) e Adequação Formal (dimensão gramatical), conforme se vê abaixo:

Critérios adotados para a avaliação das redações do projeto

---

1 – Adequação Discursiva e Conceitual
    1.1 – Adequação ao tema proposto
    1.2 – Coerência (unidade temática)
        1.2.1 – Relação título-texto
        1.2.2 – Continuidade
        1.2.3 – Progressão (não circularidade)
        1.2.4 – Articulação
    1.3 – Consistência argumentativa (pertinência, suficiência e relevância de argumentos)

2 – Adequação Formal
    2.1 – Coesão [recursos anafóricos, articuladores, correlação de tempos verbais, processos de coesão lexical (sinonímia, antonímia, hiperonímia, hiponímia, associação semântica), modalizadores, operadores argumentativos.]
    2.2 – Morfossintaxe [estruturação de períodos (presença de oração principal e subordinadas necessárias e de termos essenciais e integrantes); concordância; regência; emprego de crase; colocação.]
    2.3 – Paragrafação e pontuação
    2.4 – Ortografia e acentuação

Exemplificando: uma redação avaliada conforme o quadro de critérios

Alguns dos conceitos integrantes do quadro de critérios foram abordados em outros capítulos, particularmente no segundo, quando discutimos a relação entre conteúdo e forma e entre oralidade e escrita. No entanto, alguns desses conceitos necessitam de uma melhor exemplificação. Não é fácil, certamente, visualizar as fronteiras e as nuances desses critérios, já que eles tentam generalizar aspectos do sentido do texto que são bastante complexos e que têm a ver com a interpretação. Seria impossível aqui exemplificar as múltiplas possibilidades de realização dessas categorias nos vários textos que tivemos em mãos, com as suas inúmeras estratégias de composição e possibilidades de leitura. Por isso, vamos apresentar aqui apenas uma dessas possibilidades, demonstrando, principalmente, como tais categorias devem ser vistas de forma integrada.

A redação 18 é de um aluno de quinta série e recebeu nota 9 (nove) na nossa avaliação, tendo sido considerada, portanto, um bom texto.

Redação 18

O ano de 1993

No início do ano, enfrentei algumas dificuldades na escola. Havia matérias que eu *nem* conhecia, algumas delas foram Inglês e Geografia.

Nos primeiros meses de aula, eu não entendia nada de Inglês. *Depois de já ter passado três meses de aula*, consegui sumir com a dificuldade que havia em Inglês estudando.

Agora, no fim do ano, eu *já* estou tranquila, pois já passei em todas matérias. Aprendi *até* a traduzir algumas frases e palavras em Inglês.

> *Se eu pudesse voltar no tempo*, prestaria mais atenção *na aula na 4ª série* para não ter que passar por esta dificuldade novamente.
>
> *Na 4ª série, no início do ano*, nós fazíamos muita bacunça, porque era uma professora muito chata que dava aula. *Um dia* nós fizemos *tanta* bacunça *que* a D. Júlia, a nossa professora até chorou.
>
> *Mais para o meio do ano*, entrou a D. Natalina como nossa professora. *Aquela sim* era professora, *nunca mais* vou me esquecer dela.
>
> *Ainda bem que* mudaram de professora a tempo, *se não* mais da metade da classe teria repetido.
>
> O meu primo, o Glyndonn, com a D. Júlia não copiava nenhum dever, *porém, depois que* entrou a D. Natalina, ele fazia tudo que ela mandava, *mais aí, já* era tarde *de mais*.
>
> [grifos nossos]

A razão que nos levou a considerar essa redação adequada é o seu equilíbrio entre o nível formal e o conceitual, dentro das possibilidades de realização esperadas para um texto escrito por uma aluna de 5ª série. Na sua configuração, esse texto apresenta pistas formais (elementos de coesão, por exemplo, alguns deles grifados no texto) que permitem recuperar três categorias conceituais básicas do nosso quadro: continuidade, progressão e articulação.

Na redação 18, a ideia central – a existência de dificuldades escolares – se desdobra em como foram superadas essas dificuldades e o motivo que as gerou. Vejamos um esquema da organização semântica do texto:

1) Apresentação do problema – primeiro e segundo parágrafos;
2) Solução do problema – segundo, terceiro e sexto parágrafos;

3) Causas do problema – quarto, quinto, sexto, sétimo e oitavo parágrafos.

Percebemos, então, que o texto apresenta um fio condutor ("continuidade") para o tema – dificuldades escolares – , ao qual o autor agrega uma série de informações novas, que permitem o desenvolvimento ou a *progressão* do texto. Esses dois elementos são, por sua vez, apresentados de forma articulada, com pistas linguísticas que possibilitam ao leitor a apreensão do tema e da organização do texto.

O título anuncia que a redação vai tratar do ano de 1993. Assim, a repetição da palavra "ano", logo na primeira frase, nos permite retomar o contexto temporal dos fatos narrados. Ao longo da redação, em diversos parágrafos, temos a presença de expressões temporais ("No início do ano"; "nos primeiros meses"; "agora"; "mais para o meio do ano"...) que contribuem para percepção da organização cronológica do texto e de sua linha temática global. Temos também, logo no início, a sinalização de que a escola é o espaço privilegiado pelo texto, que vai sendo expandido e definido por um campo lexical pertinente: "professora", "classe", "matéria", "quarta série", "aula", etc. Através da contextualização temporal e espacial, o texto vai criando uma série de expectativas que são cumpridas ao longo de sua realização, de modo que, ao final da leitura, não temos a sensação de que alguma coisa faltou, ou ficou solta, ou de que a ordenação das informações não foi adequada.

Outro recurso gramatical que sustenta a percepção dos componentes básicos da estruturação semântica (continuidade, progressão e articulação) é o jogo entre os tempos verbais próprios de uma narrativa (pretérito perfeito e imperfeito do indicativo), que se contrapõem ao presente do indicativo, usado para situar o momento da enunciação ("agora", "no fim do ano", "eu já estou tranquila"). Destaca-se, também, o uso do subjuntivo correlacionado adequadamente com o futuro do pretérito ("se eu *pudesse* voltar no tempo, *prestaria* mais atenção").

Da análise desses elementos, percebemos o quanto os itens do quadro de critérios estão interligados e o quanto, num processo efetivo de leitura, eles são acionados pelo leitor não na ordem em que estão colocados no quadro, mas em função de sua inter-relação, um "puxando" o outro. Prova disso é que só pudemos avaliar a progressão do texto partindo da análise de alguns elementos coesivos, o que demonstra que a separação entre o aspecto conceitual e o aspecto formal é, antes de mais nada, uma decisão metodológica, já que no trabalho mental de produção ou de leitura de um texto escrito parece que conteúdo e forma são processados simultaneamente.

A boa organização formal da redação, revelada também pela baixa ocorrência de erros (especialmente quanto a pontuação e paragrafação e ortografia e acentuação), é um dado importante para facilitar o acesso ao nível conceitual. Por isso, apesar de termos apresentado a dimensão conceitual em primeiro lugar, sabemos que só foi possível visualizá-la e resgatá-la através das pistas formais. Esse é mais um argumento para corroborar o que dissemos no capítulo "Avaliar o quê? E como?" sobre a íntima correlação entre forma e conteúdo.

Até este ponto, apresentamos os critérios de avaliação, a concepção de linguagem e de texto que nos levou a eles, e procuramos exemplificar seu uso com a análise de uma redação, já, ao mesmo tempo, apontando as dificuldades e limitações de sua aplicação.

Tudo isso foi necessário para que nosso leitor pudesse interpretar devidamente os resultados quantitativos de nosso trabalho de avaliação, que passamos a expor a seguir.

Os resultados da avaliação

Ao Programa de Avaliação da SEE-MG interessavam, além da nota de cada redação, análises quantitativas referentes à média das notas obtidas pelos diferentes grupos analisados: a) o conjunto de alunos da 5ª série diurna e o da 5ª noturna;

b) o conjunto de alunos da 2ª série do Ensino Médio diurna e o da 2ª série noturna; c) a média das notas obtidas pelas escolas das várias Superintendências Regionais de Ensino e a classificação das SRE de acordo com essas médias. Esses dados cumpriram os objetivos postulados na demanda do Estado na época da avaliação (1993-1994) e não têm utilidade e aplicação depois de passados tantos anos. Mas foram feitos também estudos quantitativos com base nos componentes do quadro de critérios, buscando verificar em que itens os alunos revelaram melhor desempenho e em que itens evidenciaram maior dificuldade. Neste tópico não vamos apresentar o primeiro conjunto de dados, que já não tem propósito. Mas consideramos pertinente trazer aqui alguns números que podem contribuir, ainda hoje, para uma reflexão acerca de dificuldades dos alunos no domínio da escrita pública e formal. O diálogo que vimos mantendo com professores de português dos diversos segmentos nos leva a pensar que determinados problemas identificados naquela ocasião podem estar presentes nas salas de aula também hoje e que, portanto, ainda pode ser útil apontá-los e partilhar nossas reflexões a respeito deles. A partir desse investimento na compreensão dos problemas dos alunos poderão surgir propostas de intervenções adequadas no sentido de ajudá-los a superar essas dificuldades.

Alguns dados (talvez?) ainda pertinentes

Quanto às redações da 5ª série (Projeto QUINTAVA)

Na avaliação da 5ª série, o resultado numérico de caráter mais geral pode servir como ponto de partida para nossa reflexão. Trata-se das médias obtidas na avaliação dos dois grandes blocos do quadro de critérios: Adequação Discursiva e Conceitual (ADC) e Adequação Formal (AF). O que apuramos foi que os itens de ADC tiveram média mais alta que os de AF. Considerando essa tendência geral e analisando o interior de cada bloco, constatamos ainda que os itens com média mais baixa foram, em ADC, "consistência argumentativa" e "articulação", e em AF, "paragrafação e pontuação" e "ortografia e acentuação". Considerando os dois blocos, o item com média mais baixa é "paragrafação e pontuação", seguido do item "consistência argumentativa", vindo em terceiro lugar, na escala de maiores dificuldades dos alunos, o item ortografia e acentuação.

Esses resultados quantitativos possibilitam uma discussão do ponto de vista linguístico e pedagógico. Os itens cujas médias foram as mais baixas se referem exatamente aos aspectos que, na avaliação qualitativa, nos pareceram representar as maiores dificuldades dos alunos.

Pensando no processo de ensino-aprendizagem da escrita, o que significam essas médias baixas?

Comecemos pela "consistência argumentativa", que, no caso da 5ª série, foi considerada em termos de verossimilhança, compatibilidade do texto com o "mundo" que ele toma por referência, levando-se em conta o nível de desenvolvimento intelectual e cognitivo esperado para essa faixa etária e esse grau de escolaridade. Na verdade, construir um texto consistente é uma das maiores dificuldades do trabalho de redigir, porque envolve mais do que o domínio das formas da variedade linguística de prestígio (a chamada língua padrão) e mais do que o conhecimento do tema e sua abordagem através de um raciocínio correto. Requer também a habilidade de expressar o "conteúdo" do texto numa forma adequada ao sucesso da comunicação, conforme os objetivos de quem escreve, tornando o texto convincente e agradável para o leitor. Entretanto, é essa habilidade que faz a diferença entre o texto que funciona bem, do ponto de vista discursivo, e aquele que não funciona. Se os alunos, em geral, falharam quanto a esse aspecto tão importante, é sinal de que essa questão precisava ser explicitada e trabalhada sistematicamente em sala de aula.

As médias foram baixas também no item "articulação". Esse aspecto normalmente traz dificuldade para os aprendizes, porque é um dos pontos em que os gêneros escritos formais se distanciam dos gêneros orais cotidianos. A fala espontânea e descontraída tende a se organizar predominantemente por justaposição. O falante põe as informações em sequência, uma ao lado da outra, porque produz o texto diante do ouvinte e não tem tempo para expressar detalhadamente em palavras as relações entre suas ideias. Essas relações são sinalizadas pela entonação e pela gesticulação, e, como o ouvinte está presente no cenário da comunicação, tais marcas são suficientes para que ele (o ouvinte) estabeleça as ligações, sendo corresponsável pelo trabalho de articulação. Esse é o modo de funcionamento da língua que os alunos dominam intuitivamente, é o que lhes vem espontaneamente à cabeça, mesmo quando estão escrevendo.

Entretanto, nem todos os gêneros textuais escritos funcionam bem assim. Nas situações formais de escrita, quando não há grande intimidade e sintonia com o leitor, quase sempre é necessário traduzir as relações entre as ideias na forma de conjunções ou outras expressões articuladoras (como "depois daquele dia", "a partir daí", "resumindo", "para terminar", etc.) porque o leitor, muitas vezes, não tem outro meio de compreendê-las a não ser através das palavras que ele lê no texto. Assim, nos gêneros escritos formais, o nexo entre as informações, normalmente, precisa ser expresso por articuladores e por explicações explícitas. Esse é outro aspecto que precisa ser especialmente trabalhado nas aulas de produção de texto.

Ainda quanto à Adequação Discursiva e Conceitual, é interessante observar uma questão que nos parece relacionada às condições de produção diferenciadas entre os turnos diurno e noturno da 5ª série. Constatamos certa distância entre as médias do turno diurno e do noturno no item "progressão". Essa diferença pode ser interpretada em função das propostas de redação (ver anexos). A proposta do diurno (sobre o ano escolar de 1993) apontou uma variedade de aspectos relativos ao tema, o que favoreceu o desenvolvimento do assunto pelo aluno. Como havia muitas sugestões, tornou-se fácil para os estudantes ir acrescentando às redações ideias ainda não escritas e, com isso, fazer o texto progredir. Já a proposta do noturno se limita à apresentação da pergunta "Qual o valor da amizade para você?", ao lado de uma estrofe da "Canção da América", de Milton Nascimento e Fernando Brant (anexo 2). Na leitura das redações, nos pareceu que os alunos, diante do tema dado e do enunciado da proposta, não encontraram muito o que dizer além de afirmar e repetir a importância da amizade em suas vidas. Isso prejudicou a progressão textual: muitos textos tenderam a não sair do lugar, lembrando-nos a imagem do disco arranhado.

Essas considerações sobre a interdependência entre o texto e a proposta de redação reafirmam nosso ponto de vista de que o texto é um produto que resulta das condições em que foi produzido. No caso dos textos escritos na escola, a proposta é um dos elementos mais importantes das condições de produção. Entendemos que, no cotidiano da sala de aula, o professor de português só terá a ganhar se for capaz de, através da análise dos textos produzidos pelos alunos, interpretar e avaliar as suas próprias propostas e estratégias didáticas, examinando sua clareza e sua pertinência para a turma a que se destina e considerando: se elas deixaram claro para os estudantes o objetivo e o destinatário de seu texto; se elas ofereceram aos aprendizes os esclarecimentos necessários para que eles pudessem cumprir o que foi solicitado, sobretudo quanto à forma e às funções do gênero proposto; se elas deram orientações suficientes para uma boa condução do processo de escrita – o planejamento, a revisão e a reelaboração do texto.

No bloco AF, as médias foram baixas em "pontuação e paragrafação" e em "ortografia e acentuação". Qual o significado disso? Será que o que mais se ensina na escola é o que os alunos menos aprendem?

Parece-nos bastante significativo que as médias relativas à Adequação Formal sejam mais baixas que as referentes à Adequação Discursiva e Conceitual. É preciso entender esses dados considerando o grau de escolaridade dos alunos. Na 5ª série (correspondente ao atual 6º ano do Ensino Fundamental), os alunos estão ainda no início de sua trajetória de domínio da escrita, e, nesse momento, a dimensão formal representa um embaraço considerável. Os resultados quantitativos da avaliação que realizamos apontaram para uma dificuldade maior na área da pontuação, elemento que não existe na oralidade, é exclusivo da escrita. Ainda é forte nos aprendizes, nessa etapa do aprendizado, a tendência a pensar que a escrita é uma transcrição linear da fala, ou seja, que, para escrever, basta colocar as palavras no papel numa sequência correspondente à cadeia sonora da fala. Entretanto, nas situações públicas, de pouca ou nenhuma familiaridade entre os interlocutores, a simples disposição das palavras escritas na mesma ordem em que elas aparecem na fala não basta para possibilitar ao leitor a recuperação do sentido que o escritor pretendia. Sem a ajuda da entonação e de recursos como os gestos e a expressão facial, é preciso sinalizar, pela pontuação, o limite entre as unidades sintático-semânticas. No trecho seguinte, por exemplo, sem pontuação, fica difícil para o leitor decidir onde termina uma oração e começa outra: "A gente fazia muitas brincadeiras na rua de casa tinha uma velha que detestava nosso barulho e nossa correria". Como saber se o termo "na rua de casa" pertence à primeira ou à segunda oração? "A gente fazia muitas brincadeiras *na rua de casa*?" ou "*Na rua de casa* tinha uma velha que detestava nosso barulho e nossa correria?" Por isso, esse é mais um aspecto que requer tratamento específico na sala de aula, de modo a levar os estudantes não a decorar regras, mas a entender a necessidade e o funcionamento dos sinais de pontuação na escrita, posto que eles servem como uma espécie de legenda para o leitor. São sinais úteis e importantes para facilitar o trabalho de compreensão do leitor; portanto, quem escreve para ser lido e compreendido precisa dar atenção a eles.

As médias baixas em "ortografia e acentuação" nos parecem apontar para uma contradição no ensino de português. Esse aspecto tende a ser privilegiado na escola – no ensino e na avaliação da escrita. Por seu caráter concreto, visível, costuma ser o primeiro (se não o único) problema reconhecido e apontado nos textos dos alunos. Assim, seria esperável que a maioria dos alunos da 5ª série tivesse um domínio do sistema ortográfico maior do que o que foi verificado na avaliação das redações. O resultado constatado nos convida a voltar nossa atenção para esse ponto. O que significa ensinar ortografia? Como dar sentido a esse ensino, tornando-o mais funcional e menos dependente de exercícios mecânicos?

Diante da constatação de que a ênfase dada à ortografia não tem garantido o domínio desse sistema aos alunos, é razoável questionar o modo como se constitui essa ênfase. Uma questão importante a considerar é que escrever ortograficamente é um dos componentes da capacidade de se comunicar adequadamente na modalidade escrita da língua. A convenção ortográfica tem função importante porque agiliza a escrita e a leitura, favorece o trabalho de compreensão do leitor. Além disso, faz parte das expectativas sociais a respeito dos textos escritos de circulação pública, de modo que não respeitá-la pode gerar rejeição, indisposição. A competência comunicativa envolve, mais do que automatismos, um conhecimento atitudinal. O aluno precisa entender a função e reconhecer o valor do conhecimento ortográfico, para se empenhar na conquista desse sistema. No trabalho em sala de aula, o professor pode facilitar ao aluno a compreensão das convenções ortográficas dando tratamento diferenciado às grafias de naturezas diferentes: as mais regulares, que espelham relações "biunívocas" entre fonemas e grafemas; as que se baseiam em relações fonema-grafema dependentes de contexto; aquelas que parecem arbitrárias – muitas vezes ligadas à origem e à história das palavras – e cujo aprendizado se faz por memorização. Um aliado importante é o dicionário, que deve estar disponível para consultas ortográficas (além de seu papel importante no estudo do léxico e na ampliação dos conhecimentos semânticos do aluno). Compreender o sistema – em vez de decorar regras ou tentar memorizar todas as grafias – possibilita ao aluno raciocinar na hora de escrever palavras desconhecidas e valer-se do recurso adequado a cada caso: seus conhecimentos sobre as regularidades ortográficas ou a consulta – ao colega, ao professor, ao dicionário.

O que os alunos sabem mais e o que os alunos sabem menos

A tendência geral observada nas redações da 5ª série – média mais alta nos itens relativos à Adequação Discursiva e Conceitual do que nos itens concernentes à Adequação Formal – nos permite inferir duas conclusões importantes.

A primeira conclusão aponta para um aspecto positivo, quanto à intuição textual e comunicativa dos estudantes. Os itens que obtiveram maiores médias se referem à adequação ao tema, à relação título-texto, à continuidade e à progressão, fatores básicos da adequação discursiva e da coerência de um texto. O mínimo necessário para que um texto possa fazer sentido, para determinado interlocutor, é que esse texto lhe pareça tratar com pertinência do assunto em pauta e que o faça mantendo-se fiel a um eixo temático sem, no entanto, ficar apenas repetindo uma ou duas ideias. Assim, as boas médias em adequação ao tema, continuidade e progressão significam que os alunos, em geral, naquela situação de comunicação, souberam lidar pelo menos satisfatoriamente com alguns dos componentes fundamentais da estruturação discursiva e semântica dos textos, aplicando na redação aquilo que já sabiam intuitivamente a partir de seu conhecimento da língua falada. Além disso, no caso específico das redações avaliadas, em função da situação de escrita pública e formal e das propostas que as ensejaram, a adequação do título revela que o aluno-autor foi capaz de identificar o fio condutor de seu texto e de explicitá-lo sinteticamente através de uma palavra ou uma expressão-chave.

A segunda conclusão, por seu turno, diz respeito a aspectos do texto escrito mais específicos e mais difíceis de serem desenvolvidos intuitivamente, que requerem, portanto, uma atuação clara e sistemática da escola.

Os seis itens cujas médias foram mais baixas remetem a pontos em que, em razão das condições específicas de produção, o modo de formular o texto escrito é diferente da formulação dos textos orais mais presentes nas situações mais coloquiais de convivência cotidiana. Um deles, no nível conceitual, é a articulação, que normalmente precisa ser mais explícita nos textos públicos e formais do que na fala descontraída, sobretudo quando se escreve para um leitor que não tem conhecimento prévio do assunto e, por isso, terá mais dificuldade para preencher os vazios que deixarmos no texto. O segundo, ainda no nível conceitual, é a consistência argumentativa, que é mais difícil de construir nos gêneros escritos públicos do que nos orais familiares, porque, nessa escrita, não se tem o interlocutor presente, não se pode ver suas reações, não se sabe quando e como "mudar o rumo da conversa" para convencê-lo ou agradá-lo. Essa tarefa traz ainda mais dificuldade em situações como aquela em que foram feitas as redações que corrigimos, em que os alunos desconheciam seu futuro leitor, escreveram para alguém com quem não partilhavam informações e opiniões. Os outros três pontos – a coesão, a morfossintaxe e a pontuação e paragrafação – dizem respeito à forma do texto e têm a ver com o fato de que na escrita não se pode contar com a ajuda de entonação, gestos, expressão facial e nem com a percepção auditiva e visual do interlocutor quanto a tudo o que acontece no ambiente em que se dá a comunicação. Assim, como as condições de produção e de recepção são diferentes, não se pode escrever exatamente como se falaria em situação descontraída. Nesse caso, a escrita não pode simplesmente transcrever a cadeia sonora da fala, sua formulação requer a tradução em palavras de muitas informações que, na interação face a face, são expressas por elementos extralinguísticos. Na situação formal em que foram produzidas as redações, também não seriam adequados recursos gráficos usuais em bilhetes entre colegas, por exemplo, com os quais se procura suprir a ausência dos elementos extralinguísticos (letras maiúsculas para significar ênfase especial, como se o escritor estivesse gritando, abuso de sinais de pontuação – uma sequência de pontos de exclamação ou interrogação –, desenhos de corações e carinhas felizes ou tristes, setas, destaque de palavras com um círculo ou uma nuvenzinha em volta, cores diferentes, entre outras estratégias).

Por fim, o último ponto é a ortografia, modo de expressão convencional da escrita e que precisa ser respeitado, sob pena de prejudicar tanto a legibilidade quanto a aceitação do texto escrito. Todos esses seis pontos dizem respeito a aspectos da produção da escrita que requerem uma atividade consciente e deliberada de quem escreve para construir o sentido do seu texto, diferentemente do modo intuitivo de produzir a fala espontânea das conversas cotidianas.

Assim, a segunda conclusão a que os resultados quantitativos da avaliação de redações da 5ª série nos conduzem é que a escola precisa desenvolver um trabalho mais explícito e mais sistemático para ajudar efetivamente os alunos a compreenderem e a se apropriarem dos aspectos específicos da produção dos gêneros de texto escritos que os aprendizes têm mais dificuldade de construir espontaneamente.

Quanto às redações da 2ª série do Ensino Médio (Projeto AVASSEM)

Entre os resultados quantitativos da avaliação das redações dos alunos do Ensino Médio, destacamos os que nos parecem ainda de interesse para os professores, mesmo passados tantos anos.

O primeiro deles diz respeito à equivalência das médias referentes aos dois blocos de critérios: Adequação Discursiva e Conceitual e Adequação Formal. No entanto, no interior de cada bloco, as médias dos diferentes itens não se mostraram homogêneas. Em ADC, as médias mais baixas foram as relativas a "consistência argumentativa" e "articulação"; a média mais alta foi a do item "continuidade". No que concerne a AF, a média mais baixa foi a do item "paragrafação e pontuação" e a mais alta foi a de "ortografia".

Buscando interpretar esses dados do ponto de vista linguístico e pedagógico, consideramos, em primeiro lugar, que a coincidência entre as médias referentes à Adequação Discursiva e Conceitual e à Adequação Formal constitui um indicador positivo. O bom funcionamento comunicativo de um texto escrito depende tanto de sua legibilidade (que tem a ver com a forma) quanto de sua inteligibilidade (que tem a ver com o conteúdo), ou seja, a estruturação formal deve viabilizar o acesso do leitor a uma estruturação semântica compreensível e convincente, no contexto em que o texto é produzido e será lido.

Entretanto, chamam a atenção os pontos extremos: a média mais baixa em "consistência argumentativa" e a mais alta em "ortografia". Essa discrepância, que contraria o equilíbrio constatado entre ADC e AF, nos remete a uma vertente muito forte, senão predominante, no ensino da Língua Portuguesa, sobretudo no ensino da escrita, não apenas na rede pública do Estado de Minas Gerais, mas na escola em geral. Trata-se da tendência a privilegiar a dimensão gramatical, que tem suas raízes na tradição milenar de concepção formalista da linguagem e tem larga difusão em nossa cultura, dentro e fora da escola. No caso da escrita, em que o texto se torna um objeto visível, que pode ser manuseado pelo autor e pelo leitor, é fácil compreender a tendência de deixar predominar os aspectos formais, no ensino e no próprio processo de produção, até mesmo fora da escola. Por isso, o domínio da ortografia, que é o elemento formal básico e mais saliente na escrita, tem ocupado lugar de destaque nos cuidados de professores e alunos. De fato, é necessário dominar a ortografia e espera-se, realmente, que, no Ensino Médio, os estudantes já tenham adquirido e automatizado esse domínio. Entretanto, essa conquista não pode ocorrer em detrimento da dimensão semântico-discursiva, que, afinal, é decisiva.

O tipo de texto predominante entre as redações do Ensino Médio foi a dissertação, favorecido pelas propostas (cf. anexos 3 e 4). Ora, nesse tipo de texto é fundamental a consistência argumentativa. O objetivo do autor de uma dissertação é expor seu ponto de vista com coerência e de modo a convencer o leitor; do contrário, seu texto será desacreditado. Aos olhos do leitor, os argumentos devem se apresentar suficientes, pertinentes e relevantes para a temática tratada e a perspectiva de tratamento adotada. Essa não é uma tarefa fácil. Por isso, a escola precisa garantir aos alunos situações em que possam vivenciar e superar as dificuldades próprias dos gêneros formais que se sustentam numa exposição clara e numa argumentação convincente. Mais do que criar situações de uso para os gêneros expositivos e argumentativos, é necessário proporcionar aos alunos um ensino explícito e sistematizado capaz de desenvolver as habilidades linguísticas aí envolvidas.

Ainda quanto à Adequação Discursiva e Conceitual, merecem comentário as médias do item relativo à "articulação". O autor de um texto expositivo-argumentativo escrito e formal trabalha como quem tece uma rede: os conceitos, as informações não se sustentam se não se mostrarem interligados. Uma sequência de ideias afins não faz uma argumentação, faz uma lista. Além disso, como há muitas possibilidades de inter-relação entre as ideias e como o leitor também trabalha ativamente nisso, com muita frequência, nas escritas pública e formal, é necessário que o autor sinalize explicitamente para o interlocutor, através de explicações e de articuladores, em que relações está pensando.

Quanto à Adequação Formal, é relevante a constatação de que a "ortografia" foi o item que obteve média mais alta. As médias relativas aos itens "coesão", "morfossintaxe" e "paragrafação e pontuação" situam-se abaixo da faixa alcançada por "ortografia". Se um diagnóstico equivalente for constatado em sua sala de aula, o professor deverá tomá-lo como indicador da necessidade de maior atenção às especificidades da linguagem dos gêneros escritos públicos e formais, das quais os estudantes de Ensino Médio precisam ter maior domínio.

Algumas conclusões

Para finalizar, recorremos à concepção de linguagem que orientou o nosso trabalho. Na interação linguística, a avaliação é fator constitutivo, isto é, faz parte do processo. O interlocutor interessado é aquele que se envolve com o texto do outro e, na medida do seu engajamento, pergunta, faz objeções, pede esclarecimentos, reclama, complementa, faz projeções, enfim, emite sua opinião. Entendemos que, na prática de sala de aula, esse deve ser o sentido da avaliação do professor sobre o texto do aluno. Esperamos que, no jogo interlocutivo instaurado por este livro, esse seja o sentido atribuído à nossa avaliação pelos colegas professores e especialistas em Educação e, de um modo geral, por aqueles que trabalham e avaliam textos escritos.

Não queremos, no entanto, parar na problematização e no diagnóstico. Como interlocutores interessados, e também dispostos e expostos à avaliação por parte dos nossos leitores, apresentamos, no capítulo a seguir, algumas implicações, para a prática de sala de aula, das reflexões que construímos até este ponto.

Capítulo 5
Algumas indicações para o trabalho com a escrita em sala de aula

Para ensinar: compreender e planejar

Se, até aqui, tivermos provocado a sensação de que avaliar um texto escrito é uma tarefa relativamente complexa, um dos nossos objetivos foi alcançado. Realmente, o ato de avaliar (bem como o ato de escrever) um texto escrito reveste-se de algumas especificidades que não podem ser simplificadas, sob pena de mascararmos o real funcionamento da linguagem de um modo geral e da escrita em particular.

Admitir a complexidade dos processos de ler e escrever, porém, não nos impede de formular alguns procedimentos e indicadores que possam tornar a aprendizagem da escrita um processo menos doloroso e mais eficaz tanto para aquele que aprende quanto para aquele que ensina. Nesse sentido, então, acreditamos que seja possível, neste capítulo final, fazer algumas projeções para o ensino da língua escrita, levantando questões relacionadas à prática pedagógica na sala de aula.

Uma decorrência fundamental da compreensão da complexidade do processo de produção de texto é que é difícil para o aluno descobrir tudo sozinho e, portanto, é necessário que o professor ensine. Parece óbvio, mas nem sempre esteve presente na escola a prática de ensinar a escrever. Embora hoje se reconheça o trabalho bem sucedido de muitos professores nessa área e também a qualidade das propostas de escrita de muitos livros didáticos, sabe-se que, durante muito tempo, predominou na escola a atitude de *mandar escrever, mas não ensinar a escrever*. A essa atitude correspondia a postura assumida na chamada correção: ou apenas assinalar os "erros" ou anotar comentários lacônicos do tipo "Precisa melhorar", "Você já fez redações melhores", "Texto confuso", o que não fornece ao aluno elementos para identificar seus problemas nem aponta maneiras de superá-los.

Não é nossa pretensão apresentar aqui estratégias milagrosas que levem todos os alunos ao pleno domínio da escrita pública e formal, mas acreditamos que nossa contribuição para o sucesso do processo de ensino está em ressaltar, a partir das reflexões feitas nos capítulos anteriores, uma série de conhecimentos sobre a atividade de produção de texto que precisam ser entendidos pelo professor e explicitados de modo sistemático ao aluno.

Consideramos que só a partir da compreensão mais geral do processo de escrita é que o professor poderá elaborar um bom planejamento de suas atividades. Tendo clareza quanto às habilidades específicas envolvidas no processo de interlocução mediado pela escrita, o professor, com a visão antecipada de seus objetivos e dos caminhos que precisa percorrer para atingi-los, poderá proporcionar a seus alunos oportunidades de experimentar e compreender não apenas as convenções gráficas (a ortografia, a caligrafia, a pontuação e a paragrafação) e os traços típicos da variedade linguística de prestígio (o *dialeto padrão*), necessários a um texto formal (a concordância, a regência, etc.), mas também as situações de uso da escrita e suas diversas possibilidades de realização. Além disso, sabendo da variedade de fatores envolvidos e das dificuldades inerentes ao ato de escrever, o professor compreenderá que a seleção do tipo de conhecimento a ser trabalhado nos diversos níveis de escolaridade não pode ser definida totalmente *a priori*, mas vai depender de um diagnóstico para avaliar o que os alunos já sabem e o que ainda precisam aprender.

O ideal é que o planejamento de cada professor se integre num projeto pedagógico mais amplo, que leve em conta a necessidade de continuidade e aperfeiçoamento para a formação de um aluno com domínio das diversas manifestações da escrita. Essa integração, além de outros benefícios, diminui a angústia e a ansiedade do professor e também, portanto, a sua pressão sobre o aluno, na medida em que todos estariam conscientes da natureza processual da aprendizagem e livres da preocupação de cumprir toda a trajetória num único ano letivo.

Falar e escrever na diversidade de situações sociais

Nas práticas sociais de linguagem, encontramos muitos textos escritos marcados por traços frequentes na oralidade coloquial (bilhetes, cartas íntimas, relatos pessoais, textos humorísticos de diferentes gêneros, etc.), assim como muitos textos orais marcados por um grau de formalidade que os aproxima da escrita mais elaborada (conferência, defesa de réu perante um júri, debate acadêmico público, etc.). Entre os polos da fala espontânea descontraída e da escrita controlada e formal, há inúmeras possibilidades de combinação de estilos de linguagem, em função das circunstâncias das diferentes situações comunicativas. Isso nos faz compreender que não se pode identificar oralidade com coloquialidade nem escrita com formalidade e nos faz desconfiar da crença de que fala e escrita sejam blocos compactos, homogêneos e opostos, completamente diferentes entre si. Admitindo que há entre esses dois modos de linguagem uma relação tensa de aproximação e diferenciação, devemos aceitar, então, que elementos do texto como vocabulário, sintaxe, coesão e grau de explicitude das informações não estão previamente determinados pelo fato de se tratarem de fala ou de escrita; devemos compreender que resultam das possibilidades de opção do autor em função das condições de produção e do gênero textual adequado a cada situação.

Há ainda outra questão fundamental que precisa ser aqui considerada: todo falante aprende sua língua na convivência social. Ora, nem todo estudante tem, na infância e na adolescência, oportunidade de conviver usualmente, fora da escola, com a linguagem escrita presente nos gêneros formais. Portanto, é comum e esperado que durante alguns anos, desde o início do processo de aprendizagem, os textos escritos pelo aluno apresentem forte interferência da variedade linguística de sua comunidade, no estilo coloquial, que é próprio da conversa cotidiana. Mesmo que ele perceba e aprenda muitas características da linguagem e da organização de diferentes gêneros escritos formais, levará algum tempo até ser capaz de aplicar esse saber com adequação, desenvoltura e autonomia. Faz parte do processo de construção do conhecimento.

Se o aluno entra na escola sabendo a variedade linguística coloquial falada em sua comunidade e se uma das tarefas do ensino de Português é lhe proporcionar a apropriação de outras variedades da língua, orais e escritas, de maior prestígio social, é fundamental que o professor conheça as tendências gerais de organização tanto da fala cotidiana descontraída quanto dos gêneros orais e escritos usados em situações públicas e formais e, além disso, que esteja atento às inter-relações entre eles e às interferências de uns sobre os outros, na circulação social e no processo de aprendizado do aluno. A partir daí poderá desenvolver estratégias pedagógicas que possibilitem ao aluno o domínio das habilidades necessárias à participação em um amplo leque de situações sociais, sabendo utilizar com segurança e discernimento as variedades linguísticas e os gêneros textuais adequados.

Um dos encaminhamentos possíveis para esse trabalho é desenvolver análises contrastivas, propondo ao aluno atividades que lhe permitam, pela contraposição, identificar recursos usuais na variedade oral que ele conhece e recursos típicos dos gêneros escritos que ele está aprendendo. O resultado que se busca com isso obviamente *não é* que o aluno abandone sua fala cotidiana em favor da variedade de prestígio, mais usual na escrita de circulação pública. Também não é, de modo algum, que ele memorize uma lista de características de gêneros formais escritos, como se isso fosse lhe garantir saber usá-los quando for necessário. Ao contrário, o que se pretende é que, vivenciando situações diversificadas de uso efetivo da fala e da escrita e refletindo, sistematizadamente, sobre o gênero textual e o estilo de linguagem adequados a cada uma delas, o aluno possa compreender a produção textual, oral ou escrita, como um processo que envolve escolhas e decisões acerca dos recursos linguísticos mais apropriados, em função das condições em que se dá o jogo interlocutivo, da relação que se estabelece entre os interlocutores, dos objetivos comunicativos e dos efeitos de sentido que se pretende provocar. O grande objetivo do trabalho contrastivo é despertar e desenvolver no aluno sensibilidade e habilidade para, a cada situação, saber lidar adequadamente com o leque de escolhas que a língua oferece.

É possível que o nosso leitor, intuitivamente, já tenha atentado para todas as questões que discutimos nesta seção. O necessário então, agora, é que organize essa intuição em forma de atividades de sala de aula, para propiciar aos alunos um ensino fundamentado na realidade do uso social da língua.

Multiplicidade de gêneros na aula de Português: por quê? para quê?

Observando o funcionamento efetivo da escrita na sociedade, é fácil constatar a multiplicidade de formas que os textos escritos apresentam para cumprir funções diversificadas e cobrir diferentes possibilidades de interação – são os diversos gêneros escritos. Considerando essa realidade, compreende-se que, para saber realmente escrever, não é suficiente ter aprendido algumas poucas fôrmas textuais. No entanto, por várias décadas a tradição escolar trabalhou exclusivamente com três tipos de composição textual – a narração, a descrição e a dissertação –, sem relacioná-los a qualquer intenção comunicativa ou contexto de uso, acreditando que assim estaria preparando os alunos para escrever em qualquer situação de suas vidas.

De um modo geral, no processo de leitura, os professores já vêm demonstrando preocupação em lidar com a diversidade de gêneros, o que significa um grande avanço, se lembrarmos que, até há pouco tempo, só a narrativa literária estava presente nas atividades escolares de leitura. Atualmente, muitos livros didáticos de boa qualidade trazem coletâneas textuais diversificadas, e esse material pode constituir um apoio significativo ao trabalho do professor com a leitura e a interpretação de textos. Sabe-se hoje que o contato do aluno com um universo mais amplo de textos seguramente contribui para a percepção das diferentes possibilidades de uso da língua escrita, com as quais ele terá de se defrontar como cidadão, numa sociedade complexa como a nossa.

Apesar da inegável importância da ampliação do universo de textos na escola, desde a fase de alfabetização, os gêneros que entram na aula de Português devem ser selecionados criticamente. O bom senso ajudará a distinguir quais deles o aluno precisa aprender a ler e interpretar, quais ele precisa aprender também a escrever e quais nem devem ter lugar nas aulas dessa disciplina. Assim, a presença de bula de remédio, conta de água, certidão de nascimento, vale-refeição só se justificará se o trabalho com esses gêneros contemplar sua função social, o porquê de sua existência, por exemplo, dos pontos de vista jurídico, político, comercial e, a partir daí, analisar sua forma, seu conteúdo e o estilo de linguagem que cada um utiliza. O estudo desses gêneros poderá ganhar mais sentido em projetos interdisciplinares: a conta de água, a bula de remédio e o vale-refeição podem ser explorados também nas aulas de matemática, ciências, história, geografia. Enfim, a diversidade de gêneros na sala de aula não vale por si só; sem um trabalho pertinente, pouco favorece a ampliação dos horizontes do aluno. A multiplicidade de textos precisa se articular com a compreensão da multiplicidade de funções, objetivos, públicos-alvo, suportes (jornal, revista, livro, etc.), do contexto de circulação e, principalmente, com a compreensão de como a seleção e organização dos conteúdos, a forma e o estilo de linguagem desses textos se relacionam com todos esses fatores.

Não é possível nem necessário que o aprendiz tenha domínio de todos os gêneros textuais que circulam na sociedade. Ele precisará é de ter conhecimento de estratégias de leitura e de recursos de escrita que possa utilizar, caso venha a se defrontar com um gênero desconhecido. Assim, é mais razoável que a disciplina de Língua Portuguesa, embora aberta a uma grande diversidade de gêneros, privilegie aqueles que se mostram mais relevantes para a formação cultural e o desenvolvimento linguístico do aluno. Isso significa, então, investir nos gêneros que circulam nas áreas mais significativas para essa formação: a literária, a jornalística, a científica, entre outras.

As diferentes atividades de leitura podem ser uma maneira interessante e produtiva de o aluno perceber o funcionamento de diferentes gêneros escritos. No entanto, é preciso que o professor tenha clareza de que o estudo teórico das fôrmas textuais (os tipos de composição já mencionados) descoladas de situações comunicativas não vai contribuir para a compreensão do uso social dos gêneros em que essas fôrmas podem aparecer, nem vai favorecer o domínio da escrita de textos que circulam em áreas importantes da vida pública. Para que o aluno aprenda a escrever os diversos gêneros que poderão ser úteis a sua formação e a sua participação na sociedade, é necessário que ele de fato escreva e que as situações de escrita sejam constantes e variadas. Quanto mais o aluno escreve, quanto mais analisa o próprio texto, quanto mais produz textos para atingir diferentes objetivos em diferentes situações, mais pode ampliar as suas habilidades de produtor de texto escrito.

Por outro lado, convém ressaltar que o aprendizado da escrita não se processa numa perspectiva meramente quantitativa ("quanto mais se escreve mais se aprende"). Muitas experiências indicam que são mais produtivas as situações em que, num determinado intervalo de tempo, o aluno escreve poucos textos, mas a atividade de reflexão derivada do processo de produção lhe propicia um aprendizado qualitativamente superior àquele que teria se escrevesse grande quantidade de textos sem um acompanhamento sistemático e sem uma reflexão orientada sobre essa produção (no planejamento, na "escritura", na revisão, na reelaboração). O professor tem um papel fundamental a desempenhar na condução do processo de aprendizagem: suas propostas de escrita e suas intervenções sistematizadas, durante e após a atividade de produção textual, é que podem favorecer o desenvolvimento da capacidade de escrita do aluno.

Quando se ensina a escrita, o que se ensina e como se aprende

Definir que conhecimentos e habilidades devem ser privilegiados no ensino da escrita não é uma tarefa fácil. Essa tarefa se torna ainda mais difícil quando não se dispõe de fundamentação teórica adequada, que permita identificar os conhecimentos envolvidos no processo de escrita. Muitas vezes o professor tem boas intuições sobre o seu trabalho e sobre a escrita, mas não tem clareza teórica e metodológica sobre como explicitá-las ao aluno e nem de como transformá-las em um planejamento sistemático. Outra causa é a cristalização de uma prática fundada no pressuposto de que todo texto que o aluno escreve o professor tem de corrigir, e corrigir integralmente. A consequência imediata é que, mesmo tomando conhecimento de novas teorias de abordagem da escrita, o professor se vê aprisionado pela rotina aprendida e legitimada: numa aula os alunos escrevem, em outra ele devolve as redações corrigidas.

A perspectiva teórica e metodológica delineada neste trabalho pressupõe a superação de determinadas práticas escolares incompatíveis com uma proposta de escrita segundo a qual o aluno aprende, de preferência, escrevendo; e o professor ensina também no momento em que eles escrevem. Assim, o professor poderá planejar o que deverá ser lido e avaliado por ele, levando em conta todos os componentes da atividade de produção textual, mas também selecionando, recortando aspectos que serão focalizados especificamente. O mínimo que poderíamos visualizar aqui é que o aluno precisa é de atividades sistematizadas e parceladas para chegar à escrita de um texto mais elaborado, cujo processo lhe permita aprender mais do que ele já sabia no momento em que começou determinada tarefa. Isso gastaria algumas aulas, e não apenas uma. Da mesma maneira, é inadmissível que o professor tenha de estar sempre com pacotes e pacotes de redações para ler e avaliar.

Relembrando um pouco o que dissemos nos capítulos anteriores, nossas análises sobre a avaliação do texto escrito na escola tomaram como referência uma teoria discursiva. Ou seja, consideramos que a língua é um sistema simbólico que existe e se organiza em função da atividade de produção de sentidos que possibilita a interação entre sujeitos. Ela é constituída de regras e convenções que são produzidas, ao longo da história, pela prática linguística da comunidade falante e que compõem não um código rígido e fechado, mas um sistema de possibilidades de expressão. Assim, no processo de produção textual, o indivíduo, mesmo limitado por regras linguísticas (gramaticais, semânticas e discursivas) e por convenções sociais, tem um amplo leque de escolhas e um largo campo de ação, o que lhe permite adequar os recursos expressivos às circunstâncias do contexto comunicativo.

Em função dessa compreensão sobre a natureza e o funcionamento da língua e dos textos, ao definir o conteúdo e os procedimentos para o ensino-aprendizagem da escrita, o professor precisa tratar dos aspectos discursivos, semânticos e gramaticais, com o objetivo de possibilitar que os alunos lidem com eles de maneira integrada na produção de textos.

Comecemos pelos determinantes básicos da comunicação: o autor e o leitor com seus objetivos e conhecimentos de mundo e da língua, o suporte da circulação do texto, enfim, os elementos da situação de produção e leitura, que têm influência decisiva na utilização e interpretação dos recursos linguísticos.

No capítulo "A subjetividade na interação autor/texto/leitor", vimos que a subjetividade é inerente ao processo de interação linguística. Se ela está inevitavelmente presente (o que é muito bom!), já é tempo de se começar a levá-la em conta nas aulas de português, lidando com o lugar e o papel dos sujeitos envolvidos: autor e leitor. O aluno é sujeito. Um dos aspectos que ele precisa desenvolver na escola é sua capacidade de se assumir como *autor*, agindo linguisticamente cada vez com mais autonomia, segurança e propriedade. Se o professor pensar assim, certamente vai inverter o modo como tradicionalmente se trabalha a produção de textos na escola. Em vez de pregar a obediência cega a regras e modelos prévios, buscará capacitar seu aluno para, tomando-os apenas como ponto de referência, agir deliberadamente sobre eles, em função de suas necessidades e intenções comunicativas. Em vez de impor temas e pontos de vista, procurará desenvolver no aluno a capacidade de se manifestar nos textos com autenticidade e convicção. E, mais do isso, trabalhará explicitamente com as várias possibilidades de se usar os recursos linguísticos para se conseguir um modo de expressão personalizado: as várias maneiras de se estruturar um período e os efeitos que se obtêm com cada uma delas; a escolha de vocabulário; as marcas de posicionamento pessoal, como os adjetivos, os advérbios e as expressões de valor adverbial ("felizmente", "claramente", "devidamente", "talvez", "com certeza", "Graças a Deus", etc.), os operadores argumentativos ("já", "ainda", "até", "quase", etc.), os modos e aspectos verbais (subjuntivo *versus* indicativo; tempos simples *versus* tempos compostos; pretérito perfeito *versus* pretérito imperfeito, etc.).

Ainda com relação ao sujeito *autor*, outra questão crucial é que *ninguém escreve sem ter o que dizer*, sem saber alguma coisa sobre o assunto de que deverá tratar. Muitas vezes, por não ter conhecimento suficiente sobre o tema, o aluno vê como única saída tentar "enrolar" o leitor: dispondo de poucos dados e sem tempo para amadurecer uma opinião pessoal, é realmente muito difícil armar uma argumentação consistente, capaz de convencer o interlocutor. Aí, no processo de avaliação, o professor pode se defrontar com textos impecáveis quanto à correção gramatical, mas desagradáveis, ingênuos, inconsistentes. Por incrível que pareça, são esses os que oferecem maior dificuldade de correção: torná-los mais interessante requer um grande investimento por parte de quem escreveu, já que será preciso buscar novas informações, articulá-las de outro modo e, em alguns casos, refazer completamente o percurso inicial. A implicação desse pressuposto para a prática de sala de aula é óbvia: é preciso dar ao aluno tempo e chance de se assenhorar do tema sobre o qual vai escrever; é preciso garantir que ele escreva em igualdade de condições com os adultos letrados que publicam seus escritos – antes de escrever, eles se informam, estudam, pesquisam, pensam e discutem sobre o assunto de seu texto.

Outro elemento que orienta o trabalho textual do *autor* são os *objetivos que ele pretende cumprir com seu texto*. O estilo de linguagem (mais coloquial ou mais formal), a seleção de informações e o modo de organizá-las, o gênero e até o tamanho do texto são escolhas que dependem das razões que levam o autor a escrever. Quanto mais claros forem os objetivos a cumprir com o texto, mais chances terá quem escreve de escolher melhor as estratégias adequadas para concretizá-los. Nesse sentido, vale a pena o professor insistir com os alunos na necessidade de pensar nos objetivos do texto, em vez de começar a escrever de forma desorganizada, sem planejamento e sem ter em mente as necessidades ou intenções que devem satisfazer com aquele uso da escrita.

Ressalta-se, no entanto, que nem sempre a produção textual decorre da definição deliberada dos objetivos ou é marcada por um controle consciente das escolhas linguísticas. Não só as coisas podem acontecer espontaneamente, sem planejamento, como também o autor pode ter objetivos simultâneos que pretende atingir com um só texto (por exemplo, ao mesmo tempo, informar, opinar, tentar convencer; ou avisar e irritar; ou perguntar, se exibir e humilhar o outro; ou comandar e parecer gentil e democrático; etc.). Além disso, os desdobramentos de objetivos e a multiplicidade de efeitos podem escapar ao controle único do autor, já que quem lê reinterpreta o caminho que o texto sugere, podendo, portanto, enxergar objetivos diferentes dos pretendidos pelo autor. Estamos agora falando da relação *intersubjetiva* que se estabelece através da escrita, e isso nos remete à outra ponta do fio, ao outro sujeito participante desse jogo: o leitor para quem se escreve.

Normalmente, os alunos gastam boa parte de sua trajetória escolar para descobrir que escrevem para o professor, ou então permanecem sem saber para quem escrevem. Essa situação tende a mudar se o professor assumir o pressuposto discursivo de que quem escreve tem em mente um *leitor*. Esse pressuposto terá implicações na prática pedagógica. A partir dele, será necessário que o professor reflita sobre o seu lugar de leitor preferencial e sobre a influência de suas opiniões no texto dos alunos, definindo sua posição diante disso: os alunos tentam reproduzir no seu texto aquilo que o professor aprova (ou desaprova, quando o aluno quer se contrapor) – quero manter ou quero modificar essa situação? Em segundo lugar, será necessário que o professor busque ampliar o leque de possibilidades de leitores para o texto escolar e procure delinear, junto com os alunos, o perfil do destinatário, antes de cada atividade de escrita. Com clareza quanto ao futuro leitor é que se pode, por exemplo, selecionar quais informações serão necessárias e relevantes e definir qual a melhor maneira de ordená-las e organizá-las. Do contrário, corre-se o risco de deixar de dizer coisas importantes ou de dizer coisas redundantes, porque não se tem a medida do conhecimento do destinatário sobre o assunto de que se vai tratar no texto. Além disso, na hora de ler o texto do aluno e opinar sobre ele, fica muito mais fácil para o professor avaliar se os recursos textuais utilizados são adequados ou não quando se tem como parâmetro a definição prévia do perfil do leitor.

Paralelamente, é preciso prever também que *suporte* e que *circulação* o texto terá, definindo se vai ser publicado no jornal da escola, ou enviado para o jornal da cidade, ou distribuído para a turma, ou lido só pelo professor; se vai ser lido numa simulação de programa de rádio ou TV feita pelos alunos, se vai ser exposto num *outdoor* ou numa faixa na rua, se vai constar de uma enciclopédia ou uma revista a serem produzidas pelos estudantes, etc. A partir dessa definição, o professor, no processo de ensino-aprendizagem e de avaliação, terá elementos mais concretos para julgar a adequação textual e evitar o uso exclusivo de argumentos estéticos e subjetivos, muitas vezes, vagos. No entanto, é interessante lembrarmos que, ao contrário do que estamos propondo, em geral, no contexto escolar a destinação a ser dada ao texto é uma decisão tomada depois que ele está pronto. Assim, é só quando uma redação atinge um padrão estético valorizado pelo universo escolar que se cogita a hipótese de divulgá-la mais amplamente, através do jornal da escola ou da sua afixação num mural.

Com esse procedimento, a escola acaba, de forma ostensiva, reforçando a atitude de reprodução de um modelo estático e previsível, sem considerar o fato de que as estratégias de construção textual se alteram em função das possibilidades de circulação previstas (em que contexto e sobre que suporte o texto chegará às mãos do leitor).

O que tentamos mostrar até este ponto foi o quanto estão interligadas as dimensões discursiva, semântica e gramatical do texto, argumentando que o conteúdo (com sua ordenação e organização) e as formas linguísticas que o expressam são definidos em função do que chamamos *condições de produção* do texto (autor, leitor, situação, suporte, circulação).

Não acreditamos que o domínio da escrita se efetive somente com a apreensão das regras de concordância ou das convenções da ortografia. Esses aspectos, evidentemente, têm importância, mas, sozinhos, não capacitam os sujeitos alunos a produzirem os textos escritos que a vida em sociedade demanda. Por outro lado, queremos deixar claro: nossa maneira de compreender a questão não autoriza a concluir que estamos defendendo o abandono do ensino propriamente linguístico.

Dissemos acima, e reafirmamos, que o professor precisa ensinar a escrever, o que inclui o ensino explícito e sistematizado da ortografia, da pontuação, de certas construções sintáticas e de um modo de organização da frase e das sequências de frases que são típicos da escrita formal e que os aprendizes não dominam, pois sua prática linguística cotidiana se faz sobretudo na modalidade oral, em situações coloquiais. Na conversação espontânea predomina a justaposição de informações, e as orações se relacionam, com maior frequência, por coordenação. É preciso, então, dar oportunidade aos alunos de conhecerem e praticarem outras formas de organização sintática, trabalhando com eles a subordinação e os vários recursos de articulação interfrasal. O método mais produtivo de fazer isso certamente não é aquela velha aula teórica que leva os alunos a decorarem a nomenclatura gramatical sem entendê-la; ao contrário, é a proposição de atividades que lhes permitam descobrir a variada gama de *recursos linguísticos* e refletir sobre eles – sua forma, sua função textual, suas possibilidades de efeito na interlocução, sua relação com o gênero, com os objetivos comunicativos e com as condições em que o texto é escrito e lido.

Queremos ainda retomar um aspecto importante da produção de textos escritos, que é possibilitar intervalos de tempo entre os atos de planejar, executar e entregar o texto à leitura. É possível pensar, escolher, rascunhar, *escrever e reescrever*, produzindo várias versões na busca da melhor forma. É assim que os melhores escritores escrevem. No entanto, frequentemente, na escola, a oportunidade de revisão e alteração do texto antes de colocá-lo em circulação ainda é negada ao aprendiz, pretendendo-se que o texto escrito atinja a plenitude logo na primeira versão. A prática pedagógica que respeita e valoriza a natureza processual da escrita abre espaço para que o professor explicite e sistematize conhecimentos que, na avaliação, detectou que os alunos não dominam e precisam dominar, até mesmo para reescrever aquele texto. No trabalho de orientar os alunos no processo de aprimoramento da versão inicial de seus textos, o professor pode encontrar oportunidades preciosas para refletir com a turma sobre as exigências do uso escrito da língua escrita em determinados gêneros e situações e para explicar e justificar, com maior pertinência, as razões que levam um leitor a considerar um texto adequado ou inadequado.

Em síntese, o que procuramos demonstrar é que o processo de avaliação de um texto, especialmente no contexto escolar, não deve se orientar pela simples identificação de falhas, em função de parâmetros absolutos que separam o certo e o errado. Se desejamos que nossos alunos compreendam o funcionamento da escrita e o dominem efetivamente, é preciso, entre outras medidas, redimensionar o processo de avaliação, dando-lhe um alcance mais amplo. Avaliar um texto, na perspectiva que adotamos, significa considerar a multiplicidade de situações de uso da escrita e explicitar para o aluno em que aspectos seu texto parece adequado ou inadequado para as condições de leitura previstas. Por isso, são igualmente necessários e inquestionáveis tanto o ensino da ortografia e da sintaxe quanto o ensino de procedimentos de seleção, ordenação e organização de informações em função dos efeitos que se quer provocar, num determinado tipo de leitor, através de determinado suporte. Não estamos, portanto, dizendo que a escola tem de jogar fora conhecimentos historicamente construídos e ainda necessários ao uso da escrita. Estamos, isto sim, propondo a incorporação de outras concepções teóricas, das quais derivam outras informações e outros conteúdos que, acreditamos, serão úteis ao aluno no seu processo de aprender e dominar a linguagem escrita.

Nossa crítica, às vezes generalizada, a determinadas práticas escolares é mais uma estratégia discursiva para produzir impacto e, quem sabe, mudanças sonhadas. Na verdade, é porque sabemos que o movimento entre a tradição e a inovação se faz no embate, na tensão, e porque de fato acreditamos nas ideias que expusemos aqui (que, afinal, agora já não são tão novas assim).

Referências

Embora tenhamos optado por não fazer citações bibliográficas no corpo do texto, nosso trabalho é resultado de estudos realizados no campo da linguagem, nas três últimas décadas. Apontaremos, a seguir, as obras principais para onde convergem nossas reflexões.

AKINASO, F. N. On the Differences between Spoken and Written Language. *Language and speech*. v. 25,1982. p. 97-125.

BAKHTIN, M. *Estetica de la creación verbal*. México: Siglo XXI, 1982.

BAKHTIN, M. {Volochinov}. *Marxismo e filosofia da linguagem*. 3 ed. São Paulo: Hucitec, 1986.

BASTOS, L. K. *Coesão e coerência em narrativas escolares*. São Paulo: Martins Fontes, 1994.

BEAUGRANDE, R. A.; DRESSLER, W. U. *Introduction to Text Linguistics*. London: Longman, 1983.

BENVENISTE, É. Da subjetividade na linguagem. In: *Problemas de linguística geral I e 11*. Campinas: Pontes/Unicamp, 1988.

BRITO, L. P. *À sombra do caos: ensino de língua X tradição gramatical*. Campinas: ALB; Mercado de Letras, 1997.

CAGLIARI, L. C. (Org.). *Gramática do português falado. A ordem*. v. 1. Campinas: Fapesp/Unicamp, 1990.

CAGLIARI, L. C. *Linguística e alfabetização*. São Paulo: Scipione, 1989.

CAGLIARI, L. C. Para o estudo das unidades discursivas no português falado. In: CASTILHO, A.(Org.). *Português culto falado no Brasil*. Campinas: Unicamp, 1989. p. 249-280.

CARVALHO, G. T. *O processo de segmentação da escrita*. Dissertação (Mestrado em Linguística) – Faculdade de Letras, Universidade Federal de Minas Gerais, Belo Horizonte, 1994.

CARVALHO, G. T.; MIRANDA, M. A língua portuguesa nos currículos brasileiros. *Presença pedagógica*, Belo Horizonte (2)7, jan./fev. 1996.

CASTILHO, A. T. Para o estudo das unidades discursivas no Português falado. In: CASTILHO, A. T. (Org.). *Português culto falado no Brasil*. Campinas, Editora da UNICAMP, 1989. p. 249-280

CASTILHO, A. T. Português falado e ensino de gramática. *Letras de Hoje*. Porto Alegre, v. 25, n. I, p. 103-136, mar. 1990.

CEALE-FAE/UFMG/SEEMG. *A avaliação do texto escrito na escola*: análise do desempenho de alunos da 5ª série do ensino fundamental e da 2ª série do ensino médio. Relatório de Projeto integrado ao Programa de Avaliação da Escola Pública do Estado de Minas Gerais - SEEMG. Belo Horizonte, 1995.

CHIAPPINI, L. (Coord.). *Aprender e ensinar com textos*. São Paulo: Cortez, 1997. 3 v.

COSTA VAL, M. G. F. A interação linguística como objeto do ensino-aprendizagem da língua portuguesa. *Educação em Revista*. Belo Horizonte, FAE/UFMG, ano 7, n. 16, p. 23-30, dez. 1992.

COSTA VAL, M. G. F. *A inter-relação oralidade-escrita no aprendizado da redação*. Trabalho apresentado na XIX Reunião Anual da Anped (Associação Nacional de Pós-Graduação e Pesquisa em Educação). Caxambu, set. 1996.

COSTA VAL, M. G. F. *Redação e textualidade*. São Paulo: Martins Fontes, 1991.

DIJK, T. A. V. *Cognição, discurso e interação*. São Paulo: Contexto, 1992.

DUCROT, O. *O dizer e o dito*. São Paulo: Pontes, 1987.

ECO, U. *Lector in Fabula*. São Paulo: Perspectiva, 1986.

EVANGELISTA, A. A. M. *Condições de construção de leitores alfabetizandos*: um estudo na escola e na família em camadas populares. Dissertação (Mestrado em Educação) – Faculdade de Educação, Universidade Federal de Minas Gerais, Belo Horizonte, 1993.

FAVERO, L. L. A informatividade como elemento de textualidade. *Letras de Hoje*. Porto Alegre, PUC-RS. v. 18, n. 2, p. 13-20, jun. 1985.

FAVERO, L.L. *Coesão e coerência textuais*. São Paulo: Ática, 1991. (Série Princípios.)

FAVERO, L. L.; PASCHOAL, M. S. Z. (Orgs.). *Linguística textual*: texto e leitura. São Paulo: Educ/PUC-SP, 1985. (Série Cadernos PUC, n. 22.)

FRAGA, A. V. Alfabetização, antropologia e história. In: FRAGA, A. V. *Alfabetização na sociedade e na história*. Porto Alegre: Artes Médicas, 1993. p. 81-105.

FRANCHI, E. *E as crianças eram difíceis...* A redação na escola. São Paulo: Martins Fontes, 1984.

GERALDI, J. W. *Linguagem e ensino*: exercícios de militância e divulgação. Campinas: Mercado das Letras/ALB, 1996.

GERALDI, J. W. (Org.). *O texto na sala de aula*: leitura e produção. Cascavel: Assoeste, 1984.

GERALDI, J. W. *Portos de passagem*. São Paulo: Martins Fontes, 1991.

GNERRE, M. *Linguagem, escrita e poder*. São Paulo: Martins Fontes, 1985.

KATO, M. *No mundo da escrita*: uma perspectiva psicolinguística. São Paulo: Ática, 1986.

KLEIMAN, A. B. *Texto e leitor*. Campinas: Pontes, 1989.

KOCH, I. V. *A coesão textual*. São Paulo: Contexto, 1990.

KOCH, I. V. *A inter-ação pela linguagem*. São Paulo: Contexto, 1992.

KOCH, I. V. *O texto e a construção dos sentidos*. São Paulo, Contexto, 1997.

KOCH, I. V.; TRAVAGLIA, L.C. *A coerência textual*. São Paulo: Contexto, 1990.

LAJOLO, M. *Do mundo da leitura para a leitura do mundo*. São Paulo: Ática, 1994.

LAJOLO, M. O texto não é pretexto. In: ZILBERMAN, R. (Org.). *Leitura em crise na escola*: as alternativas do professor. 3. ed. Porto Alegre: Mercado Aberto, 1984. p. 51-63.

LEAL, L. F. V. *A escrita aprisionada*: uma análise da produção de textos na escola. Dissertação (Mestrado em Educação) – Faculdade de Educação, Universidade Federal de Minas Gerais, Belo Horizonte, 1991.

MAINGUENEAU, D. *Novas tendências em análise do discurso*. Campinas: Pontes, 1993.

MAINGUENEAU, D. *O contexto da obra literária*. São Paulo: Martins Fontes, 1995.

MARCUSCHI, L. A. *Análise da conversação*. São Paulo: Ática, 1986.

MICHAELS, S. Apresentações de narrativas: uma preparação para a alfabetização com alunos da primeira série. In: COOK-GUMPERZ, J. (Org.). *A construção social da alfabetização*. Porto Alegre: Artes Médicas, 1991. p. 109-137.

MILANEZ, W. *Pedagogia do oral*: condições e perspectivas para sua aplicação no português. Campinas: Sama, 1993.

MIRANDA, M. M. A produção de texto na perspectiva da teoria da enunciação. *Presença Pedagógica*. Belo Horizonte, Dimensão. ano 1. n. 1, 1995. p. 18-29.

MIRANDA, M. M. Os usos sociais da escrita no cotidiano de camadas populares. In: *Leitura: Teoria & Prática*. ALB/Mercado Aberto. n. 20. 1992.

ORLANDI, E. *A linguagem e seu funcionamento*. 2. ed. Campinas: Pontes, 1987.

ORLANDI, E. *Discurso e leitura*. São Paulo: Cortez; Campinas: Unicamp, 1988.

OSAKABE, H. *Argumentação e discurso político*. São Paulo: Kairós, 1979.

OSAKABE, H. Considerações em torno do acesso ao mundo da escrita. In: ZILBERMAN, R. (Org.). *Leitura em crise na escola*: alternativas do professor. Porto Alegre: Mercado Aberto, 1982.

PÉCORA, A. *Problemas de redação*. São Paulo: Martins Fontes, 1983.

PERINI, M. A. *Sofrendo a gramática*. São Paulo: Ática, 1997.

POSSENTI, S. *Discurso, estilo e subjetividade*. São Paulo: Martins Fontes, 1988.

POSSENTI, S. *Por que (não) ensinar gramática na escola*. Campinas: Mercado de Letras, 1996.

PRETI, D. Em torno do problema da correção linguística. In: *A gíria e outros temas*. São Paulo: Edusp/T. A. Queiroz, 1984.

RAMOS, J. *O tratamento da oralidade na sala de aula*. São Paulo: Martins Fontes, 1997.

ROCKWELL, E. Os usos escolares da língua escrita. In: FERREIRO, E.; PALÁCIO, M. (Org.). *Os processos de leitura e escrita: novas perspectivas*. 9. ed. Porto Alegre: Artes Médicas, 1987.

SAUSSURE, F. *Curso de linguística geral*. São Paulo: Cultrix, 1979.

SMOLKA, A. L.; GOES, M. C. R. (Orgs.). *A linguagem e o outro no espaço escolar: Vygotsky e a construção do conhecimento*. Campinas: Papirus, 1993.

SMOLKA, A. L.; GOES, M. C. R. A prática discursiva na sala de aula: uma perspectiva teórica e um esboço de análise. *Cadernos Cedes 24 - Pensamento e linguagem: estudos na perspectiva da psicologia soviética*. Campinas: Papirus, 1991. p. 51-65.

SOARES, M. B. Alfabetização: a (des)aprendizagem das funções da escrita. *Educação em Revista*. Belo Horizonte, FAE/UFMG. n. 8, p. 3-11, dez. 1988.

SOARES, M. B. *Linguagem e escola: uma perspectiva social*. São Paulo: Ática, 1986.

STARLING, M. H. A. R. *Interferências da língua oral no processo de estruturação da escrita escolar*. Dissertação (Mestrado em Linguística) – Faculdade de Letras, Universidade Federal de Minas Gerais, Belo Horizonte, 1990.

TRAVAGLIA, L. C. *Gramática e interação: uma proposta para o ensino de gramática no primeiro e segundo graus*. São Paulo: Cortez, 1996.

UNICAMP - Comissão Permanente para os Vestibulares. *A redação no vestibular/Unicamp: concepção, elaboração e correção*. Campinas: IX Cole-ALB, 1993.

UNICAMP - Comissão Permanente para os Vestibulares. *Relatório referente ao treinamento dos corretores de redação - Vestibular/90*. Campinas: Unicamp, 1990.

ZILBERMAN, R. (Org.). *Leitura em crise na escola: as alternativas do professor*. Porto Alegre: Mercado Aberto, 1986.

Bibliografia consultada para a reedição

CASTILHO, A. T. *A língua falada no ensino do português*. São Paulo: Contexto, 1998.

BRONCKART, J. P. Os tipos de discurso. In: BRONCKART, J. P. *Atividade de linguagem, textos e discursos: por um interacionismo sociodiscursivo*. São Paulo: EDUC. 1999. cap. 5, p. 137-217.

DIONÍSIO, Â.; MACHADO, A. R.; BEZERRA, M. A. (Org.). *Gêneros textuais e ensino*. Rio de Janeiro: Lucerna, 2002. Cap. 1, p. 19-36.

MARCUSCHI, L. A. *Da fala para a escrita: atividades de retextualização*. São Paulo: Cortez, 2001.

MARCUSCHI, L. A. Gêneros textuais: configuração, dinamicidade e circulação. In: KARWOSKI, A. et al. (Org.). *Gêneros textuais: reflexões e ensino*. União da Vitória, PR: Kaygangue, 2005. Cap. 1, p. 17-34.

MARCUSCHI, L. A. Gêneros textuais: definição e funcionalidade. In: DIONÍSIO; MACHADO; BEZERRA (Orgs.). *Gêneros textuais e ensino*. Rio de Janeiro: Lucerna, 2002. Cap. 1, p. 19-36.

ROJO, R. H. R. A teoria dos gêneros em Bakhtin: construindo uma perspectiva enunciativa para o ensino de compreensão e produção de textos na escola. In: BRAIT, B. (Org.). *Estudos enunciativos no Brasil: História e perspectivas*. Campinas: Pontes, 2001. p.163-186

SCHNEUWLY, B.; DOLZ, J. et al. *Gêneros orais e escritos na escola*. Campinas: Mercado de Letras, 2004.

Anexos

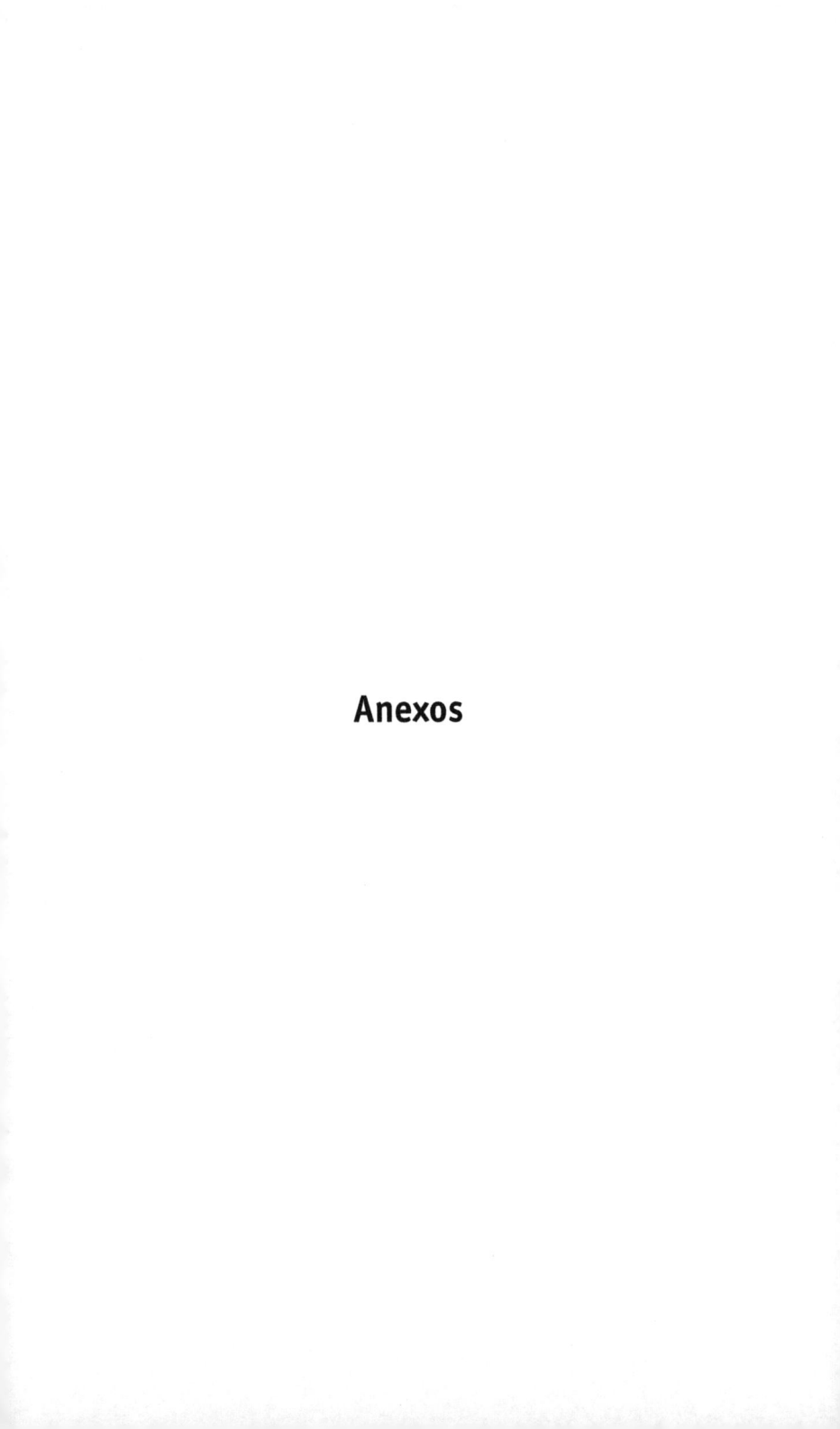

Anexo 1
Proposta de redação - 5ª série (diurno)

REDAÇÃO

- MUITOS PROFESSORES
- NOVO AMBIENTE
- NOVOS AMIGOS
- VÁRIAS MATÉRIAS
- MUITA COBRANÇA

(1993 FEVEREIRO 1 SEGUNDA-)

     1993 foi um ano muito diferente para você, em termos de vida escolar.
- Quais foram as dificuldades que você enfrentou?
- Como você as resolveu?
- O que poderia ser feito para que a passagem da 4ª para a 5ª série fosse menos difícil?

     Faça uma redação de aproximadamente vinte linhas expondo suas idéias sobre esse assunto.
     Lembre-se: o seu texto deve ter um título.

Anexo 2
Proposta de redação - 5ª série (noturno)

REDAÇÃO

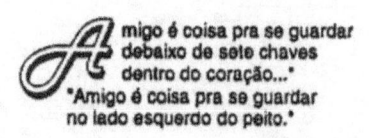

"Amigo é coisa pra se guardar
debaixo de sete chaves
dentro do coração..."
"Amigo é coisa pra se guardar
no lado esquerdo do peito."

(Milton Nascimento - Fernando Brant)

Qual o valor da amizade para você?

Faça uma redação de aproximadamente vinte linhas, expondo suas idéias sobre o assunto.
Lembre-se de que seu texto deve ter título.

Anexo 3
Proposta de redação - 2° ano do Ensino Médio (diurno)

PRECISA-SE de casal (menos de 50 anos) para cuidar de sítio em Betim.

PAI EXIGE PENSÃO DE FILHO NA JUSTIÇA

FILHA MATA MÃE PARA FAVORECER NAMORADO

APÓS RECEBER HERANÇA FILHO ABANDONA PAI NO ASILO

APOSENTADO AGREDIDO POR POLICIAIS EM PASSEATA

FILHO MATA PAIS PARA RECEBER HERANÇA

É sério o problema da rejeição do idoso na sociedade contemporânea ocidental.

Por que isso acontece?

Faça uma redação em prosa, de aproximadamente vinte linhas, dizendo o que você pensa sobre o assunto.

Dê um título ao seu texto.

Anexo 4
Proposta de redação - 2° ano do Ensino Médio (noturno)

REDAÇÃO

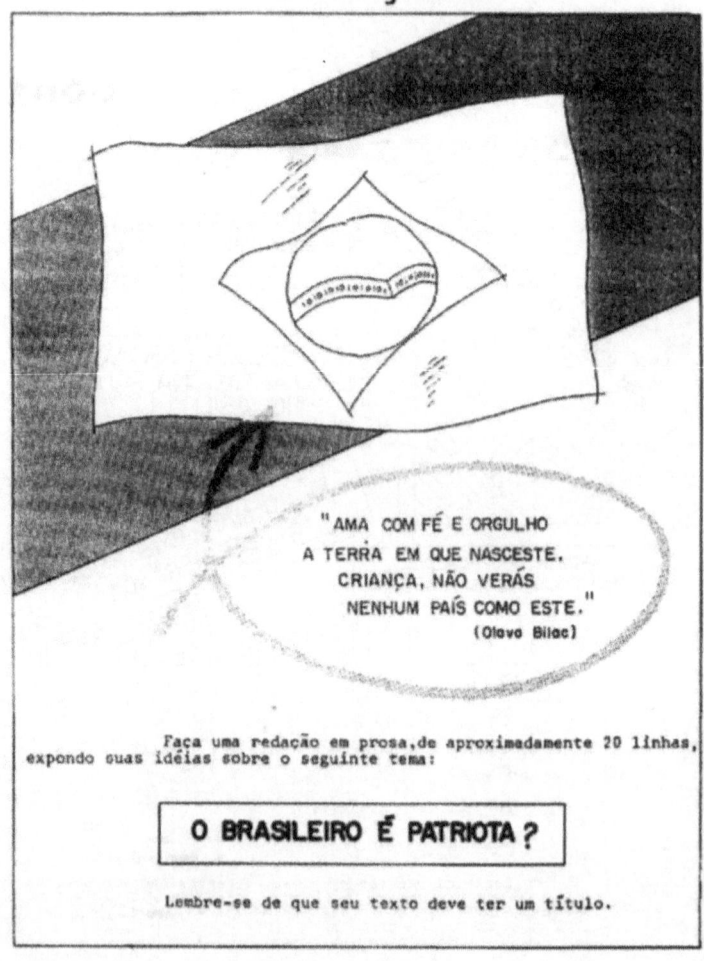

"AMA COM FÉ E ORGULHO
A TERRA EM QUE NASCESTE.
CRIANÇA, NÃO VERÁS
NENHUM PAÍS COMO ESTE."
(Olavo Bilac)

Faça uma redação em prosa, de aproximadamente 20 linhas, expondo suas idéias sobre o seguinte tema:

O BRASILEIRO É PATRIOTA?

Lembre-se de que seu texto deve ter um título.

Qualquer livro do nosso catálogo não encontrado nas livrarias pode ser pedido por carta, fax, telefone ou pela Internet.

✉ Rua Aimorés, 981, 8º andar – Funcionários
Belo Horizonte-MG – CEP 30140-071

📱 Tel: (31) 3222 6819
Fax: (31) 3224 6087
Televendas (gratuito): 0800 2831322

@ vendas@autenticaeditora.com.br
www.autenticaeditora.com.br

Este livro foi composto com tipografia Fairfield e impresso em papel Off Set 75 g na Formato Artes gráficas.